Honoré de Balzac
Le Colonel Chabert (1832)

Collection dirigée par
Marc Robert

Notes et dossier
Jacqueline Zorlu
agrégée de lettres classiques

LE COLONEL CHABERT

LIRE L'ŒUVRE

89   **Questionnaire de lecture**

L'ŒUVRE DANS L'HISTOIRE

92   **Le contexte politique et social**

99   **Le contexte culturel**

101   **Le contexte biographique : Balzac au temps du *Colonel Chabert***

105   **La réception de l'œuvre**

108   **Groupement de textes : la bataille de Waterloo, représentation du mythe impérial**

       TEXTE **1** Stendhal, *La Chartreuse de Parme*

       TEXTE **2** V. Hugo, « L'Expiation », *Les Châtiments*

       TEXTE **3** V. Hugo, *Les Misérables*

       TEXTE **4** F.-R. de Chateaubriand, *Mémoires d'outre-tombe*

Conception graphique de la maquette :
c-album, Jean-Baptiste Taisne, Rachel Pfleger
Principe de couverture : Double
Mise en pages : Chesteroc International Graphics
Iconographie : Hatier Illustration
Suivi éditorial : Virginie Gaudin

© Hatier Paris, 2012
ISBN : 2-218-93954-9

L'ŒUVRE DANS UN GENRE

116 **Rappels historiques : origines et évolution du genre romanesque**

119 ***Le Colonel Chabert* dans la production romanesque du XIXe siècle**

123 **La poétique romanesque du *Colonel Chabert***

131 **Groupement de textes : l'écriture romanesque dans *Le Colonel Chabert***

   TEXTE 5 L'incipit
   TEXTE 6 Un récit rétrospectif
   TEXTE 7 Le point de vue
   TEXTE 8 Le dénouement
   TEXTE 9 L'épilogue

VERS L'ÉPREUVE
ARGUMENTER, COMMENTER, RÉDIGER

134 **L'argumentation dans *Le Colonel Chabert***

139 **Groupement de textes : jugements critiques**

   TEXTE 10 A. de Savignac, *Journal des femmes*
   TEXTE 11 H. de Balzac, *Facino Cane*
   TEXTE 12 H. de Balzac, Avant-propos de *La Comédie humaine*
   TEXTE 13 P. Barbéris, *Balzac. Une mythologie réaliste*
   TEXTE 14 P. Barbéris, *Le Monde de Balzac*

144 **Sujets**
Invention et argumentation
Commentaires
Dissertations

153 **BIBLIOGRAPHIE**

LE COLONEL CHABERT

À Madame la comtesse Ida de Bocarmé,
née du Chasteler [1],

« Allons [2] ! encore notre vieux carrick [3] ! »

Cette exclamation échappait à un clerc appartenant au genre de ceux qu'on appelle dans les études des *saute-ruisseaux*, et qui mordait en ce moment de fort bon appétit dans un morceau de pain ; il en arracha un peu de mie pour faire une boulette et la lança railleusement par le vasistas d'une fenêtre sur laquelle il s'appuyait. Bien dirigée, la boulette rebondit presque à la hauteur de la croisée, après avoir frappé le chapeau d'un inconnu qui traversait la cour d'une maison située rue Vivienne, où demeurait maître Derville, avoué [4].

« Allons, Simonnin, ne faites donc pas de sottises aux gens, ou je vous mets à la porte. Quelque pauvre que soit un client, c'est toujours un homme, que diable ! » dit le

---

1. *Madame {…} du Chasteler* : cette comtesse belge (1797-1872) était une grande admiratrice de Balzac. Elle avait notamment peint les écussons de l'armorial composé par Ferdinand de Grammont pour les *Études de mœurs*. Balzac, qui avait d'abord dédicacé *Le Colonel Chabert* au marquis de Custine, voulut marquer sa reconnaissance à Mme de Bocarmé en 1844. \ **2.** Dans les premiers états du texte, la première partie s'intitulait « Une étude d'avoué ». \ **3.** *Carrick* : manteau démodé, d'origine anglaise, que portaient les cochers. Balzac en possédait un, hérité de son père. Le personnage est désigné par son vêtement. \ **4.** *Avoué* : fonction aujourd'hui fusionnée avec celle d'avocat. Il s'occupait des actes juridiques et pouvait représenter les parties devant un tribunal.

Maître clerc en interrompant l'addition d'un mémoire de frais.

Le saute-ruisseau est généralement, comme était Simonnin, un garçon de treize à quatorze ans, qui dans toutes les études se trouve sous la domination spéciale du Principal clerc dont les commissions et les billets doux l'occupent tout en allant porter des exploits[1] chez les huissiers et des placets[2] au Palais. Il tient au gamin de Paris par ses mœurs, et à la Chicane[3] par sa destinée. Cet enfant est presque toujours sans pitié, sans frein, indisciplinable, faiseur de couplets, goguenard, avide et paresseux. Néanmoins presque tous les petits clercs ont une vieille mère logée à un cinquième étage avec laquelle ils partagent les trente ou quarante francs qui leur sont alloués par mois.

« Si c'est un homme, pourquoi l'appelez-vous *vieux carrick* ? » dit Simonnin de l'air de l'écolier qui prend son maître en faute.

Et il se remit à manger son pain et son fromage en accotant son épaule sur le montant de la fenêtre, car il se reposait debout, ainsi que les chevaux de coucou[4], l'une de ses jambes relevée et appuyée contre l'autre, sur le bout du soulier.

« Quel tour pourrions-nous jouer à ce chinois-là ? » dit à voix basse le troisième clerc nommé Godeschal en s'arrêtant au milieu d'un raisonnement qu'il engendrait dans une requête grossoyée[5] par le quatrième clerc et dont les copies étaient faites par deux néophytes venus de province. Puis il continua son improvisation : ... *Mais, dans sa noble et bienveillante sagesse, Sa Majesté Louis Dix-Huit* (mettez en toutes lettres[6], hé ! Desroches

---

1. *Exploits* : actes judiciaires dressés par un huissier. \ **2.** *Placets* : demandes adressées au tribunal pour obtenir une audience (vocabulaire juridique). \ **3.** *Chicane* : désigne familièrement le monde de la justice. Terme souvent péjoratif. \ **4.** *Coucou* : voiture de transport à un ou deux chevaux, qui desservait la banlieue parisienne. \ **5.** *Grossoyer, faire la grosse* : recopier, en plus gros caractères, un acte original appelé la « minute » (vocabulaire juridique). Payés habituellement à la ligne, les clercs cherchaient à augmenter le volume du texte. \ **6.** *En toutes lettres* : ruse d'employé d'étude, qui était payé à la ligne, pour augmenter le volume du texte. Balzac avait été petit-clerc et pratiquera la même technique dans ses feuilletons.

le savant qui faites la Grosse[1]!), *au moment où Elle reprit les rênes de son royaume, comprit...* (qu'est-ce qu'il comprit, ce gros farceur-là?) *la haute mission à laquelle Elle était appelée par la divine Providence!......* (point admiratif et six points: on est assez religieux au Palais pour nous les passer), *et sa première pensée fut, ainsi que le prouve la date de l'ordonnance[2] ci-dessous désignée, de réparer les infortunes causées par les affreux et tristes désastres de nos temps révolutionnaires, en restituant à ses fidèles et nombreux serviteurs* (nombreux est une flatterie qui doit plaire au tribunal) *tous leurs biens non vendus, soit qu'ils se trouvassent dans le domaine public, soit qu'ils se trouvassent dans le domaine ordinaire ou extraordinaire[3] de la couronne, soit enfin qu'ils se trouvassent dans les dotations d'établissements publics, car nous sommes et nous nous prétendons habiles à soutenir que tel est l'esprit et le sens de la fameuse et si loyale ordonnance rendue en...* « Attendez, dit Godeschal aux trois clercs, cette scélérate de phrase a rempli la fin de ma page. – Eh bien, reprit-il en mouillant de sa langue le dos du cahier afin de pouvoir tourner la page épaisse de son papier timbré, eh bien, si vous voulez lui faire une farce, il faut lui dire que le patron ne peut parler à ses clients qu'entre deux et trois heures du matin: nous verrons s'il viendra, le vieux malfaiteur! » Et Godeschal reprit la phrase commencée: « *rendue en...* Y êtes-vous? demanda-t-il.

– Oui », crièrent les trois copistes.

Tout marchait à la fois, la requête, la causerie et la conspiration.

« *Rendue en...* Hein? papa Boucard, quelle est la date de l'ordonnance? il faut mettre les points sur les i, saquerlotte! Cela fait des pages.

---

1. *Desroches {...} la Grosse* : Godeschal interpelle ironiquement le quatrième clerc, Desroches, occupé à « grossoyer », c'est-à-dire à recopier, en plus gros caractères, un acte original appelé la « minute ». \ **2.** *Ordonnance* : le terme désignait, sous l'Ancien Régime, les « lois et constitutions des rois de France » (Littré). \ **3.** *Domaine ordinaire ou extraordinaire* : le domaine extraordinaire comprend l'ensemble des biens dont un souverain est devenu possesseur dans des circonstances exceptionnelles (conquêtes militaires, traités, etc.).

— *Saquerlotte !* répéta l'un des copistes avant que Boucard le Maître clerc n'eût répondu.

— Comment, vous avez écrit *saquerlotte* ? s'écria Godeschal en regardant l'un des nouveaux venus d'un air à la fois sévère et goguenard.

— Mais oui, dit Desroches le quatrième clerc en se penchant sur la copie de son voisin, il a écrit : *Il faut mettre les points sur les i*, et *sakerlotte* avec un k. »

Tous les clercs partirent d'un grand éclat de rire.

« Comment, monsieur Huré, vous prenez *saquerlotte* pour un terme de Droit, et vous dites que vous êtes de Mortagne[1] ! s'écria Simonnin.

— Effacez bien ça ! dit le Principal clerc. Si le juge chargé de taxer le dossier voyait des choses pareilles, il dirait qu'*on se moque de la barbouillée*[2] ! Vous causeriez des désagréments au patron. Allons, ne faites plus de ces bêtises-là, monsieur Huré ! Un Normand ne doit pas écrire insouciamment une requête. C'est le : *Portez arme*[3] ! de la Basoche[4].

— *Rendue en... en ?...* demanda Godeschal. Dites-moi donc quand, Boucard ?

— Juin 1814[5] », répondit le Premier clerc sans quitter son travail.

Un coup frappé à la porte de l'étude interrompit la phrase de la prolixe requête. Cinq clercs bien endentés, aux yeux vifs et railleurs, aux têtes crépues, levèrent le nez vers la porte, après avoir tous crié d'une voix de chantre : « Entrez. » Boucard resta la face ensevelie dans un monceau d'actes, nommés *broutille* en

---

1. *Mortagne* : Mortagne-au-Perche, petite ville de Normandie. Huré est donc normand, et devrait connaître l'interjection « saquerlotte », variante locale de « saperlotte ». \ **2.** *On se moque de la barbouillée* : « se dit [...] d'une personne qui, ayant bien fait ses affaires, se moque de tout ce qui peut arriver » (Littré). \ **3.** *Portez arme* : expression militaire employée ironiquement ici pour inviter l'interlocuteur à la méfiance. \ **4.** *Basoche* : l'ensemble des hommes de loi. \ **5.** *Juin 1814* : erreur de Balzac. Cette loi de restitution des biens des émigrés a été promulguée le 5 décembre 1814.

style de Palais, et continua de dresser le mémoire de frais auquel il travaillait.

L'étude était une grande pièce ornée du poêle classique qui garnit tous les antres de la chicane. Les tuyaux traversaient diagonalement la chambre et rejoignaient une cheminée condamnée sur le marbre de laquelle se voyaient divers morceaux de pain, des triangles de fromage de Brie, des côtelettes de porc frais, des verres, des bouteilles, et la tasse de chocolat du Maître clerc. L'odeur de ces comestibles s'amalgamait si bien avec la puanteur du poêle chauffé sans mesure, avec le parfum particulier aux bureaux et aux paperasses, que la puanteur d'un renard n'y aurait pas été sensible. Le plancher était déjà couvert de fange[1] et de neige apportée par les clercs. Près de la fenêtre se trouvait le secrétaire à cylindre[2] du Principal, et auquel était adossée une petite table destinée au second clerc. Le second *faisait* en ce moment *le palais*. Il pouvait être de huit à neuf heures du matin. L'étude avait pour tout ornement ces grandes affiches jaunes qui annoncent des saisies immobilières, des ventes, des licitations entre majeurs et mineurs[3], des adjudications définitives ou préparatoires[4], la gloire des études! Derrière le Maître clerc était un énorme casier qui garnissait le mur du haut en bas, et dont chaque compartiment était bourré de liasses d'où pendaient un nombre infini d'étiquettes et de bouts de fil rouge qui donnent une physionomie spéciale aux dossiers de procédure. Les rangs inférieurs du casier étaient pleins de cartons jaunis par l'usage, bordés de papier bleu, et sur lesquels se lisaient les noms des gros clients dont les affaires juteuses se cuisinaient en ce

---

1. *Fange* : boue. \ **2.** *Secrétaire à cylindre* : meuble de bureau destiné à l'écriture. \ **3.** *Licitations entre majeurs et mineurs* : « vente aux enchères d'une chose indivise, le plus souvent immobilière, entre copropriétaires de cette chose, avec ou sans admission d'étrangers » (Littré). \ **4.** *Adjudications définitives ou préparatoires* : déclaration annonçant qu'un bien mis aux enchères sera attribué au plus offrant.

moment. Les sales vitres de la croisée laissaient passer peu de jour. D'ailleurs, au mois de février, il existe à Paris très peu d'études où l'on puisse écrire sans le secours d'une lampe avant dix heures, car elles sont toutes l'objet d'une négligence assez concevable : tout le monde y va, personne n'y reste, aucun intérêt personnel ne s'attache à ce qui est si banal ; ni l'avoué, ni les plaideurs, ni les clercs ne tiennent à l'élégance d'un endroit qui pour les uns est une classe, pour les autres un passage, pour le maître un laboratoire. Le mobilier crasseux se transmet d'avoués en avoués avec un scrupule si religieux que certaines études possèdent encore des boîtes à *résidus*, des moules à *tirets*[1], des sacs provenant des procureurs au *Chlet*, abréviation du mot CHÂTELET[2], juridiction qui représentait dans l'ancien ordre de choses[3] le tribunal de première instance actuel. Cette étude obscure, grasse de poussière, avait donc, comme toutes les autres, quelque chose de repoussant pour les plaideurs, et qui en faisait une des plus hideuses monstruosités parisiennes. Certes, si les sacristies humides où les prières se pèsent et se payent comme des épices, si les magasins des revendeuses où flottent des guenilles qui flétrissent toutes les illusions de la vie en nous montrant où aboutissent nos fêtes, si ces deux cloaques de la poésie n'existaient pas, une étude d'avoué serait de toutes les boutiques sociales la plus horrible. Mais il en est ainsi de la maison de jeu, du tribunal, du bureau de loterie et du mauvais lieu. Pourquoi ? Peut-être dans ces endroits le drame, en se jouant dans l'âme de l'homme, lui rend-il les accessoires indifférents : ce qui expliquerait aussi la simplicité des grands penseurs et des grands ambitieux.

« Où est mon canif ?

---

1. *Tirets* : « petit morceau de parchemin long et tortillé servant à enfiler et attacher des papiers » (Littré). \ **2.** *Châtelet* : il s'agit d'un édifice à vocation judiciaire. Situé sur l'actuelle place du Châtelet, il fut démoli en 1802. \ **3.** *L'ancien ordre de choses* : l'Ancien Régime, aboli en 1789.

— Je déjeune !
— Va te faire lanlaire[1], voilà un pâté sur la requête !
— Chît ! messieurs. »

Ces diverses exclamations partirent à la fois au moment où le vieux plaideur ferma la porte avec cette sorte d'humilité qui dénature les mouvements de l'homme malheureux. L'inconnu essaya de sourire, mais les muscles de son visage se détendirent quand il eut vainement cherché quelques symptômes d'aménité sur les visages inexorablement insouciants des six clercs. Accoutumé sans doute à juger les hommes, il s'adressa fort poliment au saute-ruisseau, en espérant que ce pâtiras[2] lui répondrait avec douceur.

« Monsieur, votre patron est-il visible ? »

Le malicieux saute-ruisseau ne répondit au pauvre homme qu'en se donnant avec les doigts de la main gauche de petits coups répétés sur l'oreille, comme pour dire : « Je suis sourd. »

« Que souhaitez-vous, monsieur ? demanda Godeschal qui tout en faisant cette question avalait une bouchée de pain avec laquelle on eût pu charger une pièce de quatre[3], brandissait son couteau, et se croisait les jambes en mettant à la hauteur de son œil celui de ses pieds qui se trouvait en l'air.

— Je viens ici, monsieur, pour la cinquième fois, répondit le patient. Je souhaite parler à M. Derville.

— Est-ce pour une affaire ?

— Oui, mais je ne puis l'expliquer qu'à monsieur...

— Le patron dort, si vous désirez le consulter sur quelques difficultés, il ne travaille sérieusement qu'à minuit. Mais si vous vouliez nous dire votre cause, nous pourrions, tout aussi bien que lui, vous... »

---

1. *Va te faire lanlaire* : expression populaire utilisée pour se débarrasser d'un importun. \ **2.** *Pâtiras* : terme populaire qui signifie « souffre-douleur » (Littré). \ **3.** *Une pièce de quatre* : un canon.

L'inconnu resta impassible. Il se mit à regarder modestement autour de lui, comme un chien qui, en se glissant dans une cuisine étrangère, craint d'y recevoir des coups. Par une grâce de leur état, les clercs n'ont jamais peur des voleurs, ils ne soupçonnèrent donc point l'homme au carrick et lui laissèrent observer le local, où il cherchait vainement un siège pour se reposer, car il était visiblement fatigué. Par système, les avoués laissent peu de chaises dans leurs études. Le client vulgaire, lassé d'attendre sur ses jambes, s'en va grognant, mais il ne prend pas un temps qui, suivant le mot d'un vieux procureur, n'est pas admis en *taxe*[1].

« Monsieur, répondit-il, j'ai déjà eu l'honneur de vous prévenir que je ne pouvais expliquer mon affaire qu'à M. Derville, je vais attendre son lever. »

Boucard avait fini son addition. Il sentit l'odeur de son chocolat, quitta son fauteuil de canne, vint à la cheminée, toisa[2] le vieil homme, regarda le carrick et fit une grimace indescriptible. Il pensa probablement que, de quelque manière que l'on tordît ce client, il serait impossible d'en extraire un centime ; il intervint alors par une parole brève, dans l'intention de débarrasser l'étude d'une mauvaise pratique[3].

« Ils vous disent la vérité, monsieur. Le patron ne travaille que pendant la nuit. Si votre affaire est grave, je vous conseille de revenir à une heure du matin. »

Le plaideur regarda le Maître clerc d'un air stupide, et demeura pendant un moment immobile. Habitués à tous les changements de physionomie et aux singuliers caprices produits par l'indécision ou par la rêverie qui caractérisent les gens processifs[4], les clercs continuèrent à manger, en faisant autant de bruit avec leurs mâchoires que doivent en

---

1. *Un temps qui {...} admis en taxe* : un temps qu'il n'est pas permis de faire payer aux clients. \ **2.** *Toisa* : regarda de façon méprisante. \ **3.** *Pratique* : client. \ **4.** *Processifs* : procéduriers, qui aiment les procès.

faire des chevaux au râtelier, et ne s'inquiétèrent plus du vieillard.

« Monsieur, je viendrai ce soir », dit enfin le vieux qui par une ténacité particulière aux gens malheureux voulait prendre en défaut l'humanité.

La seule épigramme permise à la Misère est d'obliger la Justice et la Bienfaisance à des dénis injustes. Quand les malheureux ont convaincu la Société de mensonge, ils se rejettent plus vivement dans le sein de Dieu.

« Ne voilà-t-il pas un fameux *crâne*[1] ? dit Simonnin sans attendre que le vieillard eût fermé la porte.

— Il a l'air d'un déterré, reprit le dernier clerc.

— C'est quelque colonel qui réclame un arriéré[2], dit le Maître clerc.

— Non, c'est un ancien concierge, dit Godeschal.

— Parions qu'il est noble, s'écria Boucard.

— Je parie qu'il a été portier, répliqua Godeschal. Les portiers sont seuls doués par la nature de carricks usés, huileux et déchiquetés par le bas comme l'est celui de ce vieux bonhomme ! Vous n'avez donc vu ni ses bottes éculées qui prennent l'eau, ni sa cravate qui lui sert de chemise ? Il a couché sous les ponts.

— Il pourrait être noble et avoir tiré le cordon[3], s'écria Desroches. Ça s'est vu !

— Non, reprit Boucard au milieu des rires, je soutiens qu'il a été brasseur en 1789, et colonel sous la République[4].

— Ah ! je parie un spectacle pour tout le monde qu'il n'a pas été soldat, dit Godeschal.

— Ça va, répliqua Boucard.

— Monsieur ! monsieur ? cria le petit clerc en ouvrant la fenêtre.

---

1. *Crâne* : « homme hardi et querelleur » (Littré). \ **2.** *Un arriéré* : il s'agit d'un arriéré de solde, autrement dit de sommes d'argent encore dues au colonel par l'Armée. \ **3.** *Le cordon* : les concierges des immeubles parisiens ouvraient la porte à toute heure en tirant sur un cordon. \ **4.** *La République* : la Première République, proclamée en 1792.

— Que fais-tu, Simonnin? demanda Boucard.

— Je l'appelle pour lui demander s'il est colonel ou portier, il doit le savoir, lui. »

Tous les clercs se mirent à rire. Quant au vieillard, il remontait déjà l'escalier.

« Qu'allons-nous lui dire ? s'écria Godeschal.

— Laissez-moi faire ! » répondit Boucard.

Le pauvre homme rentra timidement en baissant les yeux, peut-être pour ne pas révéler sa faim en regardant avec trop d'avidité les comestibles.

« Monsieur, lui dit Boucard, voulez-vous avoir la complaisance de nous donner votre nom, afin que le patron sache si…

— Chabert.

— Est-ce le colonel mort à Eylau[1] ? demanda Huré qui n'ayant encore rien dit était jaloux d'ajouter une raillerie à toutes les autres.

— Lui-même, monsieur, répondit le bonhomme avec une simplicité antique. Et il se retira.

— Chouit !

— Dégommé !

— Puff !

— Oh !

— Ah !

— Bâoun !

— Ah ! le vieux drôle !

— Trinn, la, la, trinn, trinn !

— Enfoncé !

— Monsieur Desroches, vous irez au spectacle sans payer », dit Huré au quatrième clerc, en lui donnant sur l'épaule une tape à tuer un rhinocéros.

---

1. *Eylau* : bataille d'Eylau, en Prusse orientale, remportée par Napoléon contre l'armée russe le 8 février 1807.

Ce fut un torrent de cris, de rires et d'exclamations, à la peinture duquel on userait toutes les onomatopées de la langue.

« À quel théâtre irons-nous ?

– À l'Opéra ! s'écria le Principal.

– D'abord, reprit Godeschal, le théâtre n'a pas été désigné. Je puis, si je veux, vous mener chez Mme Saqui[1].

– Mme Saqui n'est pas un spectacle, dit Desroches.

– Qu'est-ce qu'un spectacle ? reprit Godeschal. Établissons d'abord le *point de fait*[2]. Qu'ai-je parié, messieurs ? un spectacle. Qu'est-ce qu'un spectacle ? une chose qu'on voit...

– Mais dans ce système-là, vous vous acquitteriez donc en nous menant voir l'eau couler sous le Pont-Neuf ? s'écria Simonnin en interrompant.

– Qu'on voit pour de l'argent[3], disait Godeschal en continuant.

– Mais on voit pour de l'argent bien des choses qui ne sont pas un spectacle. La définition n'est pas exacte, dit Desroches.

– Mais, écoutez-moi donc !

– Vous déraisonnez, mon cher, dit Boucard.

– Curtius[4] est-il un spectacle ? dit Godeschal.

– Non, répondit le Maître clerc, c'est un cabinet de figures.

– Je parie cent francs contre un sou, reprit Godeschal, que le cabinet de Curtius constitue l'ensemble de choses auquel est dévolu le nom de spectacle. Il comporte une chose à voir à différents prix, suivant les différentes places où l'on veut se mettre...

– Et *berlik berlok*, dit Simonnin.

– Prends garde que je ne te gifle, toi ! » dit Godeschal.

---

1. *Mme Saqui* : danseuse et acrobate, elle avait ouvert un théâtre, boulevard du Temple, en 1816. \ **2.** *Établissons d'abord le point de fait* : établissons d'abord les faits (expression empruntée au langage théologique). \ **3.** *Pour de l'argent* : le Pont-Neuf se traversait moyennant un péage. \ **4.** *Curtius* : nom d'un Allemand qui avait ouvert à Paris deux musées de figures de cire, à la fin du XVIIIe siècle.

Les clercs haussèrent les épaules.

« D'ailleurs, il n'est pas prouvé que ce vieux singe ne se soit pas moqué de nous, dit-il en cessant son argumentation étouffée par le rire des autres clercs. En conscience, le colonel Chabert est bien mort, sa femme est remariée au comte Ferraud, conseiller d'État. Mme Ferraud est une des clientes de l'étude !

— La cause est remise à demain, dit Boucard. À l'ouvrage, messieurs ! Sac-à-papier[1] ! l'on ne fait rien ici. Finissez donc votre requête, elle doit être signifiée avant l'audience de la quatrième Chambre. L'affaire se juge aujourd'hui. Allons, à cheval.

— Si c'eût été le colonel Chabert, est-ce qu'il n'aurait pas chaussé le bout de son pied dans le postérieur de ce farceur de Simonnin quand il a fait le sourd ? dit Desroches en regardant cette observation comme plus concluante que celle de Godeschal.

— Puisque rien n'est décidé, reprit Boucard, convenons d'aller aux secondes loges des Français voir Talma[2] dans Néron. Simonnin ira au parterre[3]. »

Là-dessus, le Maître clerc s'assit à son bureau, et chacun l'imita.

« *Rendue en juin mil huit cent quatorze* (en toutes lettres), dit Godeschal, y êtes-vous ?

— Oui, répondirent les deux copistes et le grossoyeur dont les plumes recommencèrent à crier sur le papier timbré en faisant dans l'étude le bruit de cent hannetons enfermés par des écoliers dans des cornets de papier.

— *Et nous espérons que Messieurs composant le tribunal*, dit l'improvisateur. Halte ! il faut que je relise ma phrase, je ne me comprends plus moi-même.

---

1. *Sac-à-papier* : expression marquant l'irritation ou la colère de celui qui parle. \ **2.** *Talma* (1763-1826) : tragédien célèbre, surtout pour son rôle de Néron dans le *Britannicus* (1669) de Racine (1639-1699). \ **3.** *Parterre* : places les moins chères d'un théâtre, où l'on restait debout.

— Quarante-six... Ça doit arriver souvent !... Et trois, quarante-neuf[1], dit Boucard.

— *Nous espérons*, reprit Godeschal après avoir tout relu, *que Messieurs composant le tribunal ne seront pas moins grands que ne l'est l'auguste auteur de l'ordonnance, et qu'ils feront justice des misérables prétentions de l'administration et de la grande chancellerie de la Légion d'honneur en fixant la jurisprudence dans le sens large que nous établissons ici...*

— Monsieur Godeschal, voulez-vous un verre d'eau ? dit le petit clerc.

— Ce farceur de Simonnin ! dit Boucard. Tiens, apprête tes chevaux à double semelle, prends ce paquet, et valse jusqu'aux Invalides.

— *Que nous établissons ici*, reprit Godeschal. Ajoutez : *dans l'intérêt de madame...* (en toutes lettres) *la vicomtesse de Grandlieu...*

— Comment ! s'écria le Maître clerc, vous vous avisez de faire des requêtes dans l'affaire vicomtesse de Grandlieu contre Légion d'honneur, une affaire pour compte d'étude, entreprise à forfait[2] ? Ah ! vous êtes un fier nigaud ! Voulez-vous bien me mettre de côté vos copies et votre minute[3] gardez-moi cela pour l'affaire Navarreins contre les Hospices. Il est tard, je vais faire un bout de placet, avec des *attendu*, et j'irai moi-même au Palais... »

Cette scène représente un des mille plaisirs qui, plus tard, font dire en pensant à la jeunesse : « C'était le bon temps ! »

Vers une heure du matin, le prétendu colonel Chabert vint frapper à la porte de maître Derville, avoué près le tribunal de première instance du département de la Seine. Le portier lui répondit que M. Derville n'était pas rentré. Le vieillard

---

1. *Quarante-neuf* : Boucard compte les lignes qu'il vient d'écrire. \ **2.** *Entreprise à forfait* : entreprise dans laquelle on s'est lancé sans prendre la précaution de fixer des honoraires susceptibles de rétribuer convenablement le travail à effectuer. \ **3.** *Minute* : original d'un acte notarié dont les clercs exécutaient des copies en utilisant des caractères plus gros que ceux employés dans l'original.

allégua[1] le rendez-vous et monta chez ce célèbre légiste qui, malgré sa jeunesse, passait pour être une des plus fortes têtes du Palais. Après avoir sonné, le défiant solliciteur ne fut pas médiocrement étonné de voir le premier clerc occupé à ranger sur la table de la salle à manger de son patron les nombreux dossiers des affaires qui *venaient* le lendemain en ordre utile. Le clerc, non moins étonné, salua le colonel en le priant de s'asseoir : ce que fit le plaideur.

« Ma foi, monsieur, j'ai cru que vous plaisantiez hier en m'indiquant une heure si matinale pour une consultation, dit le vieillard avec la fausse gaieté d'un homme ruiné qui s'efforce de sourire.

— Les clercs plaisantaient et disaient vrai tout ensemble, reprit le Principal en continuant son travail. M. Derville a choisi cette heure pour examiner ses causes, en résumer les moyens, en ordonner la conduite, en disposer les *défenses*. Sa prodigieuse intelligence est plus libre en ce moment, le seul où il obtient le silence et la tranquillité nécessaires à la conception des bonnes idées. Vous êtes, depuis qu'il est avoué, le troisième exemple d'une consultation donnée à cette heure nocturne. Après être rentré, le patron discutera chaque affaire, lira tout, passera peut-être quatre ou cinq heures à sa besogne ; puis, il me sonnera et m'expliquera ses intentions. Le matin, de dix heures à deux heures, il écoute ses clients, puis il emploie le reste de la journée à ses rendez-vous. Le soir, il va dans le monde pour y entretenir ses relations. Il n'a donc que la nuit pour creuser ses procès, fouiller les arsenaux du Code et faire ses plans de bataille. Il ne veut pas perdre une seule cause, il a l'amour de son art. Il ne se charge pas, comme ses confrères, de toute espèce d'affaire. Voilà sa vie, qui est singulièrement active. Aussi gagne-t-il beaucoup d'argent. »

---

1. *Allégua* : prétexta.

En entendant cette explication, le vieillard resta silencieux, et sa bizarre figure prit une expression si dépourvue d'intelligence, que le clerc, après l'avoir regardé, ne s'occupa plus de lui. Quelques instants après, Derville rentra, mis en costume de bal ; son Maître clerc lui ouvrit la porte, et se remit à achever le classement des dossiers. Le jeune avoué demeura pendant un moment stupéfait en entrevoyant dans le clair-obscur le singulier client qui l'attendait. Le colonel Chabert était aussi parfaitement immobile que peut l'être une figure en cire de ce cabinet de Curtius[1] où Godeschal avait voulu mener ses camarades. Cette immobilité n'aurait peut-être pas été un sujet d'étonnement, si elle n'eût complété le spectacle surnaturel que présentait l'ensemble du personnage. Le vieux soldat était sec et maigre. Son front, volontairement caché sous les cheveux de sa perruque lisse, lui donnait quelque chose de mystérieux. Ses yeux paraissaient couverts d'une taie transparente : vous eussiez dit de la nacre sale dont les reflets bleuâtres chatoyaient à la lueur des bougies. Le visage pâle, livide, et en lame de couteau, s'il est permis d'emprunter cette expression vulgaire, semblait mort. Le cou était serré par une mauvaise cravate de soie noire. L'ombre cachait si bien le corps à partir de la ligne brune que décrivait ce haillon, qu'un homme d'imagination aurait pu prendre cette vieille tête pour quelque silhouette due au hasard, ou pour un portrait de Rembrandt[2], sans cadre. Les bords du chapeau qui couvrait le front du vieillard projetaient un sillon noir sur le haut du visage. Cet effet bizarre, quoique naturel, faisait ressortir, par la brusquerie du contraste, les rides blanches, les sinuosités froides, le sentiment décoloré de cette physionomie cadavéreuse. Enfin l'absence de tout mouvement dans le corps, de toute chaleur dans le regard, s'accordait avec

---

1. *Curtius* : nom d'un Allemand qui avait ouvert à Paris deux musées de figures de cire, à la fin du XVIIIe siècle. \ **2.** *Rembrandt* (1606-1669) : peintre hollandais, célèbre pour ses lumières en clair-obscur.

une certaine expression de démence triste, avec les dégradants symptômes par lesquels se caractérise l'idiotisme, pour faire de cette figure je ne sais quoi de funeste qu'aucune parole humaine ne pourrait exprimer. Mais un observateur, et surtout un avoué, aurait trouvé de plus en cet homme foudroyé les signes d'une douleur profonde, les indices d'une misère qui avait dégradé ce visage, comme les gouttes d'eau tombées du ciel sur un beau marbre l'ont à la longue défiguré. Un médecin, un auteur, un magistrat eussent pressenti tout un drame à l'aspect de cette sublime horreur dont le moindre mérite était de ressembler à ces fantaisies que les peintres s'amusent à dessiner au bas de leurs pierres lithographiques en causant avec leurs amis.

En voyant l'avoué, l'inconnu tressaillit par un mouvement convulsif semblable à celui qui échappe aux poètes quand un bruit inattendu vient les détourner d'une féconde rêverie, au milieu du silence et de la nuit. Le vieillard se découvrit promptement et se leva pour saluer le jeune homme ; le cuir qui garnissait l'intérieur de son chapeau étant sans doute fort gras, sa perruque y resta collée sans qu'il s'en aperçût, et laissa voir à nu son crâne horriblement mutilé par une cicatrice transversale qui prenait à l'occiput et venait mourir à l'œil droit, en formant partout une grosse couture saillante. L'enlèvement soudain de cette perruque sale, que le pauvre homme portait pour cacher sa blessure, ne donna nulle envie de rire aux deux gens de loi, tant ce crâne fendu était épouvantable à voir. La première pensée que suggérait l'aspect de cette blessure était celle-ci : « Par là s'est enfuie l'intelligence ! »

« Si ce n'est pas le colonel Chabert, ce doit être un fier troupier ! pensa Boucard.

— Monsieur, lui dit Derville, à qui ai-je l'honneur de parler ?

— Au colonel Chabert.

— Lequel ?

— Celui qui est mort à Eylau¹, » répondit le vieillard.

En entendant cette singulière phrase, le clerc et l'avoué se jetèrent un regard qui signifiait : « C'est un fou ! »

« Monsieur, reprit le colonel, je désirerais ne confier qu'à vous le secret de ma situation. »

Une chose digne de remarque est l'intrépidité naturelle aux avoués. Soit l'habitude de recevoir un grand nombre de personnes, soit le profond sentiment de la protection que les lois leur accordent, soit confiance en leur ministère, ils entrent partout sans rien craindre, comme les prêtres et les médecins. Derville fit un signe à Boucard, qui disparut.

« Monsieur, reprit l'avoué, pendant le jour je ne suis pas trop avare de mon temps ; mais au milieu de la nuit les minutes me sont précieuses. Ainsi, soyez bref et concis. Allez au fait sans digression. Je vous demanderai moi-même les éclaircissements qui me sembleront nécessaires. Parlez. »

Après avoir fait asseoir son singulier client, le jeune homme s'assit lui-même devant la table ; mais, tout en prêtant son attention au discours du feu colonel, il feuilleta ses dossiers.

« Monsieur, dit le défunt, peut-être savez-vous que je commandais un régiment de cavalerie à Eylau. J'ai été pour beaucoup dans le succès de la célèbre charge que fit Murat², et qui décida le gain de la bataille. Malheureusement pour moi, ma mort est un fait historique consigné dans les *Victoires et conquêtes*³, où elle est rapportée en détail. Nous fendîmes en deux les trois lignes russes, qui, s'étant aussitôt reformées, nous obligèrent à les retraverser en sens contraire. Au moment où nous revenions vers l'Empereur, après avoir dispersé les Russes, je rencontrai

---

1. *Eylau* : bataille d'Eylau, en Prusse orientale, remportée par Napoléon contre l'armée russe le 8 février 1807. \ **2.** *Je commandais {...} Murat* : pour le déroulement de cette bataille, voir p. 93-95. \ **3.** *Victoires et conquêtes* : il s'agit des *Victoires, conquêtes, désastres, revers et guerres civiles des Français, de 1792 à 1815*, par une société de militaires et de gens de lettres (sous la direction du général Beauvais), CLF Panckoucke, 29 vol., 1817-1823. Balzac en possédait un exemplaire.

un gros de cavalerie ennemie. Je me précipitai sur ces entêtés-là. Deux officiers russes, deux vrais géants, m'attaquèrent à la fois. L'un d'eux m'appliqua sur la tête un coup de sabre qui fendit tout jusqu'à un bonnet de soie noire que j'avais sur la tête, et m'ouvrit profondément le crâne. Je tombai de cheval. Murat vint à mon secours, il me passa sur le corps, lui et tout son monde, quinze cents hommes, excusez du peu! Ma mort fut annoncée à l'Empereur, qui, par prudence (il m'aimait un peu, le patron!), voulut savoir s'il n'y aurait pas quelque chance de sauver l'homme auquel il était redevable de cette vigoureuse attaque. Il envoya, pour me reconnaître et me rapporter aux ambulances, deux chirurgiens en leur disant, peut-être trop négligemment, car il avait de l'ouvrage : "Allez donc voir si, par hasard, mon pauvre Chabert vit encore?" Ces sacrés carabins[1], qui venaient de me voir foulé aux pieds par les chevaux de deux régiments, se dispensèrent sans doute de me tâter le pouls et dirent que j'étais bien mort. L'acte de mon décès fut donc probablement dressé d'après les règles établies par la jurisprudence militaire. »

En entendant son client s'exprimer avec une lucidité parfaite et raconter des faits si vraisemblables, quoique étranges, le jeune avoué laissa ses dossiers, posa son coude gauche sur la table, se mit la tête dans la main, et regarda le colonel fixement.

« Savez-vous, monsieur, lui dit-il en l'interrompant, que je suis l'avoué de la comtesse Ferraud, veuve du colonel Chabert?
— Ma femme! Oui, monsieur. Aussi, après cent démarches infructueuses chez des gens de loi qui m'ont tous pris pour un fou, me suis-je déterminé à venir vous trouver. Je vous parlerai de mes malheurs plus tard. Laissez-moi d'abord vous établir les faits, vous expliquer plutôt comme ils ont dû se passer, que comme ils sont arrivés. Certaines circonstances, qui ne doivent

---

1. *Carabins* : terme familier désignant les médecins.

être connues que du Père éternel, m'obligent à en présenter plusieurs comme des hypothèses. Donc, monsieur, les blessures que j'ai reçues auront probablement produit un tétanos, ou m'auront mis dans une crise analogue à une maladie nommée, je crois, catalepsie[1]. Autrement comment concevoir que j'aie été, suivant l'usage de la guerre, dépouillé de mes vêtements, et jeté dans la fosse aux soldats par les gens chargés d'enterrer les morts ? Ici, permettez-moi de placer un détail que je n'ai pu connaître que postérieurement à l'événement qu'il faut bien appeler ma mort. J'ai rencontré, en 1814, à Stuttgart un ancien maréchal des logis de mon régiment. Ce cher homme, le seul qui ait voulu me reconnaître, et de qui je vous parlerai tout à l'heure, m'expliqua le phénomène de ma conservation, en me disant que mon cheval avait reçu un boulet dans le flanc au moment où je fus blessé moi-même. La bête et le cavalier s'étaient donc abattus comme des capucins de cartes[2]. En me renversant, soit à droite, soit à gauche, j'avais été sans doute couvert par le corps de mon cheval qui m'empêcha d'être écrasé par les chevaux, ou atteint par des boulets. Lorsque je revins à moi, monsieur, j'étais dans une position et dans une atmosphère dont je ne vous donnerais pas une idée en vous en entretenant jusqu'à demain. Le peu d'air que je respirais était méphitique[3]. Je voulus me mouvoir, et ne trouvai point d'espace. En ouvrant les yeux, je ne vis rien. La rareté de l'air fut l'accident le plus menaçant, et qui m'éclaira le plus vivement sur ma position. Je compris que là où j'étais, l'air ne se renouvelait point, et que j'allais mourir. Cette pensée m'ôta le sentiment de la douleur inexprimable par laquelle j'avais été réveillé. Mes oreilles tintèrent violemment. J'entendis, ou crus entendre, je ne veux rien affirmer, des gémissements poussés

---

1. *Catalepsie* : paralysie des muscles. \ **2.** *Des capucins de cartes* : cartes que les enfants plient pour les faire tenir droites, et entassent de façon à les faire ressembler à des capuches de moines. \ **3.** *Méphitique* : désagréable, asphyxiant, toxique.

par le monde de cadavres au milieu duquel je gisais. Quoique la mémoire de ces moments soit bien ténébreuse, quoique mes souvenirs soient bien confus, malgré les impressions de souffrances encore plus profondes que je devais éprouver et qui ont brouillé mes idées, il y a des nuits où je crois encore entendre ces soupirs étouffés! Mais il y a eu quelque chose de plus horrible que les cris, un silence que je n'ai jamais retrouvé nulle part, le vrai silence du tombeau. Enfin, en levant les mains, en tâtant les morts, je reconnus un vide entre ma tête et le fumier humain supérieur. Je pus donc mesurer l'espace qui m'avait été laissé par un hasard dont la cause m'était inconnue. Il paraît, grâce à l'insouciance ou à la précipitation avec laquelle on nous avait jetés pêle-mêle, que deux morts s'étaient croisés au-dessus de moi de manière à décrire un angle semblable à celui de deux cartes mises l'une contre l'autre par un enfant qui pose les fondements d'un château. En furetant avec promptitude, car il ne fallait pas flâner, je rencontrai fort heureusement un bras qui ne tenait à rien, le bras d'un Hercule! un bon os auquel je dus mon salut. Sans ce secours inespéré, je périssais! Mais, avec une rage que vous devez concevoir, je me mis à travailler les cadavres qui me séparaient de la couche de terre sans doute jetée sur nous, je dis nous, comme s'il y eût eu des vivants! J'y allais ferme, monsieur, car me voici! Mais je ne sais pas aujourd'hui comment j'ai pu parvenir à percer la couverture de chair qui mettait une barrière entre la vie et moi. Vous me direz que j'avais trois bras! Ce levier, dont je me servais avec habileté, me procurait toujours un peu de l'air qui se trouvait entre les cadavres que je déplaçais, et je ménageais mes aspirations. Enfin je vis le jour, mais à travers la neige, monsieur! En ce moment, je m'aperçus que j'avais la tête ouverte. Par bonheur, mon sang, celui de mes camarades ou la peau meurtrie de mon cheval peut-être, que sais-je! m'avait, en se coagulant, comme enduit un emplâtre naturel. Malgré cette croûte, je m'évanouis quand mon crâne fut en contact avec la neige. Cependant, le peu de chaleur qui me restait ayant fait fondre la neige autour de moi, je me trouvai, quand je repris connaissance, au centre d'une petite ouverture par laquelle je criai aussi longtemps que je le pus. Mais alors le soleil se levait, j'avais donc bien peu de chances pour être entendu. Y avait-il déjà du monde aux champs ? Je me haussais en faisant de mes pieds un ressort dont le point d'appui était sur les défunts qui avaient les reins solides. Vous sentez que ce n'était pas le moment de leur dire : *Respect au courage malheureux !* Bref, monsieur, après avoir eu la douleur, si le mot peut rendre ma rage, de voir pendant longtemps, oh ! oui, longtemps ! ces sacrés Allemands se sauvant en entendant une voix là où ils n'apercevaient point d'homme, je fus enfin dégagé par une femme assez hardie ou assez curieuse pour s'approcher de ma tête qui semblait avoir poussé hors de terre comme un champignon. Cette femme alla chercher son mari, et tous deux me transportèrent dans leur pauvre baraque. Il paraît que j'eus une rechute de catalepsie, passez-moi cette expression pour vous peindre un état duquel je n'ai nulle idée, mais que j'ai jugé, sur les dires de mes hôtes, devoir être un effet de cette maladie. Je suis resté pendant six mois entre la vie et la mort, ne parlant pas, ou déraisonnant quand je parlais. Enfin mes hôtes me firent admettre à l'hôpital d'Heilsberg[1]. Vous comprenez, monsieur, que j'étais sorti du ventre de la fosse aussi nu que de celui de ma mère ; en sorte que, six mois après, quand, un beau matin, je me souvins d'avoir été le colonel Chabert, et qu'en recouvrant ma raison je voulus obtenir de ma garde plus de respect qu'elle n'en accordait à un pauvre diable, tous mes camarades de chambrée se mirent à rire. Heureusement pour moi, le chirurgien avait répondu, par amour-propre, de ma guérison, et s'était naturellement intéressé à son malade.

---

1. *Heilsberg* : ville de Prusse orientale, à 30 km d'Eylau.

Lorsque je lui parlai d'une manière suivie de mon ancienne existence, ce brave homme, nommé Sparchmann[1], fit constater, dans les formes juridiques voulues par le droit du pays, la manière miraculeuse dont j'étais sorti de la fosse des morts, le jour et l'heure où j'avais été trouvé par ma bienfaitrice et par son mari; le genre, la position exacte de mes blessures, en joignant à ces différents procès-verbaux une description de ma personne. Eh bien, monsieur, je n'ai ni ces pièces importantes, ni la déclaration que j'ai faite chez un notaire d'Heilsberg, en vue d'établir mon identité! Depuis le jour où je fus chassé de cette ville par les événements de la guerre, j'ai constamment erré comme un vagabond, mendiant mon pain, traité de fou lorsque je racontais mon aventure, et sans avoir ni trouvé, ni gagné un sou pour me procurer les actes qui pouvaient prouver mes dires, et me rendre à la vie sociale. Souvent, mes douleurs me retenaient durant des semestres entiers dans de petites villes où l'on prodiguait des soins au Français malade, mais où l'on riait au nez de cet homme dès qu'il prétendait être le colonel Chabert. Pendant longtemps ces rires, ces doutes me mettaient dans une fureur qui me nuisit et me fit même enfermer comme fou à Stuttgart. À la vérité, vous pouvez juger, d'après mon récit, qu'il y avait des raisons suffisantes pour faire coffrer un homme! Après deux ans de détention que je fus obligé de subir, après avoir entendu mille fois mes gardiens disant : "Voilà un pauvre homme qui croit être le colonel Chabert!" à des gens qui répondaient : "Le pauvre homme!" Je fus convaincu de l'impossibilité de ma propre aventure, je devins triste, résigné, tranquille, et renonçai à me dire le colonel Chabert, afin de pouvoir sortir de prison et revoir la France. Oh! monsieur, revoir Paris! c'était un délire que je ne... »

---

1. *Sparchmann* : nom proche de Spachmann, le relieur de Balzac, dont il avait écrit « Spachmann a un cœur d'or, une âme honnête, délicate. Il a du courage, c'est enfin un digne Allemand », *Correspondance*, tome II.

À cette phrase inachevée, le colonel Chabert tomba dans une rêverie profonde que Derville respecta.

« Monsieur, un beau jour, reprit le client, un jour de printemps, on me donna la clef des champs et dix thalers[1], sous prétexte que je parlais très sensément sur toutes sortes de sujets et que je ne me disais plus le colonel Chabert. Ma foi, vers cette époque, et encore aujourd'hui, par moments, mon nom m'est désagréable. Je voudrais n'être pas moi. Le sentiment de mes droits me tue. Si ma maladie m'avait ôté tout souvenir de mon existence passée, j'aurais été heureux ! J'eusse repris du service sous un nom quelconque, et qui sait ? je serais peut-être devenu feld-maréchal en Autriche ou en Russie.

— Monsieur, dit l'avoué, vous brouillez toutes mes idées. Je crois rêver en vous écoutant. De grâce, arrêtons-nous pendant un moment.

— Vous êtes, dit le colonel d'un air mélancolique, la seule personne qui m'ait si patiemment écouté. Aucun homme de loi n'a voulu m'avancer dix napoléons[2] afin de faire venir d'Allemagne les pièces[3] nécessaires pour commencer mon procès…

— Quel procès ? dit l'avoué, qui oubliait la situation douloureuse de son client en entendant le récit de ses misères passées.

— Mais, monsieur, la comtesse Ferraud n'est-elle pas ma femme ! Elle possède trente mille livres[4] de rente qui m'appartiennent, et ne veut pas me donner deux liards[5]. Quand je dis ces choses à des avoués, à des hommes de bon sens ; quand je propose, moi, mendiant, de plaider contre un comte et une comtesse ; quand je m'élève, moi, mort, contre un acte de décès, un acte de mariage et des actes de naissance, ils m'éconduisent,

---

1. *Thalers* : petites pièces d'argent allemandes. \ **2.** *Napoléons* : pièces d'or à l'effigie de Napoléon. \ **3.** *Les pièces* : les documents. \ **4.** *Livres* : au XIXᵉ siècle, le mot « livre » est devenu synonyme de « franc ». Il s'agit de francs Germinal, monnaie dont le cours est resté stable jusqu'aux années 1920. Il est difficile, avec les dévaluations successives et l'introduction de l'euro, de donner l'équivalent exact de cette somme en termes de pouvoir d'achat. \ **5.** *Liards* : petite monnaie de cuivre sans grande valeur.

suivant leur caractère, soit avec cet air froidement poli que vous savez prendre pour vous débarrasser d'un malheureux, soit brutalement, en gens qui croient rencontrer un intrigant ou un fou. J'ai été enterré sous des morts, mais maintenant je suis enterré sous des vivants, sous des actes, sous des faits, sous la société tout entière, qui veut me faire rentrer sous terre !

— Monsieur, veuillez poursuivre maintenant, dit l'avoué.

— *Veuillez*, s'écria le malheureux vieillard en prenant la main du jeune homme, voilà le premier mot de politesse que j'entends depuis... »

Le colonel pleura. La reconnaissance étouffa sa voix. Cette pénétrante et indicible éloquence qui est dans le regard, dans le geste, dans le silence même, acheva de convaincre Derville et le toucha vivement.

« Écoutez, monsieur, dit-il à son client, j'ai gagné ce soir trois cents francs au jeu ; je puis bien employer la moitié de cette somme à faire le bonheur d'un homme. Je commencerai les poursuites et diligences nécessaires pour vous procurer les pièces dont vous me parlez, et jusqu'à leur arrivée je vous remettrai cent sous par jour. Si vous êtes le colonel Chabert, vous saurez pardonner la modicité du prêt à un jeune homme qui a sa fortune à faire. Poursuivez. »

Le prétendu colonel resta pendant un moment immobile et stupéfait : son extrême malheur avait sans doute détruit ses croyances. S'il courait après son illustration militaire, après sa fortune, après lui-même, peut-être était-ce pour obéir à ce sentiment inexplicable, en germe dans le cœur de tous les hommes, et auquel nous devons les recherches des alchimistes, la passion de la gloire, les découvertes de l'astronomie, de la physique, tout ce qui pousse l'homme à se grandir en se multipliant par les faits ou par les idées. L'*ego*[1], dans sa pensée, n'était plus qu'un objet

---
1. *L'ego* : le Moi.

secondaire, de même que la vanité du triomphe ou le plaisir du gain deviennent plus chers au parieur que ne l'est l'objet du pari. Les paroles du jeune avoué furent donc comme un miracle pour cet homme rebuté pendant dix années par sa femme, par la justice, par la création sociale entière. Trouver chez un avoué ces dix pièces d'or qui lui avaient été refusées pendant si longtemps, par tant de personnes et de tant de manières ! Le colonel ressemblait à cette dame qui, ayant eu la fièvre durant quinze années, crut avoir changé de maladie le jour où elle fut guérie. Il est des félicités auxquelles on ne croit plus ; elles arrivent, c'est la foudre, elles consument. Aussi la reconnaissance du pauvre homme était-elle trop vive pour qu'il pût l'exprimer. Il eût paru froid aux gens superficiels, mais Derville devina toute une probité dans cette stupeur[1]. Un fripon aurait eu de la voix.

« Où en étais-je ? dit le colonel avec la naïveté d'un enfant ou d'un soldat, car il y a souvent de l'enfant dans le vrai soldat, et presque toujours du soldat chez l'enfant, surtout en France.

— À Stuttgart. Vous sortiez de prison, répondit l'avoué.

— Vous connaissez ma femme ? demanda le colonel.

— Oui, répliqua Derville en inclinant la tête.

— Comment est-elle ?

— Toujours ravissante. »

Le vieillard fit un signe de main, et parut dévorer quelque secrète douleur avec cette résignation grave et solennelle qui caractérise les hommes éprouvés dans le sang et le feu des champs de bataille.

« Monsieur », dit-il avec une sorte de gaieté ; car il respirait, ce pauvre colonel, il sortait une seconde fois de la tombe, il venait de fondre une couche de neige moins soluble que celle qui jadis lui avait glacé la tête, et il aspirait l'air comme s'il quittait un cachot. « Monsieur, dit-il, si j'avais été joli garçon,

---

1. *Stupeur* : absence d'expression de sentiments.

aucun de mes malheurs ne me serait arrivé. Les femmes croient les gens quand ils farcissent leurs phrases du mot amour. Alors elles trottent, elles vont, elles se mettent en quatre, elles intriguent, elles affirment les faits, elles font le diable pour celui qui leur plaît. Comment aurais-je pu intéresser une femme ? j'avais une face de *requiem*[1], j'étais vêtu comme un sans-culotte[2], je ressemblais plutôt à un Esquimau qu'à un Français, moi qui jadis passais pour le plus joli des muscadins[3], en 1799 ! moi, Chabert, comte de l'Empire[4] ! Enfin, le jour même où l'on me jeta sur le pavé comme un chien, je rencontrai le maréchal des logis de qui je vous ai déjà parlé. Le camarade se nommait Boutin. Le pauvre diable et moi faisions la plus belle paire de rosses[5] que j'aie jamais vue ; je l'aperçus à la promenade, si je le reconnus, il lui fut impossible de deviner qui j'étais. Nous allâmes ensemble dans un cabaret. Là, quand je me nommai, la bouche de Boutin se fendit en éclats de rire comme un mortier qui crève. Cette gaieté, monsieur, me causa l'un de mes plus vifs chagrins ! Elle me révélait sans fard tous les changements qui étaient survenus en moi ! J'étais donc méconnaissable, même pour l'œil du plus humble et du plus reconnaissant de mes amis ! jadis j'avais sauvé la vie à Boutin, mais c'était une revanche que je lui devais. Je ne vous dirai pas comment il me rendit ce service. La scène eut lieu en Italie, à Ravenne[6]. La maison où Boutin m'empêcha d'être poignardé n'était pas une maison fort décente[7]. À cette époque je n'étais

---

1. *Requiem* : prière pour les morts. Nous dirions « une face d'enterrement ». \ **2.** *Sans-culotte* : partisan de la Révolution française recruté dans les classes populaires, pauvrement habillé. \ **3.** *Muscadins* : sous la Révolution, jeunes dandys affectant une tenue recherchée. \ **4.** *Comte de l'Empire* : erreur de Balzac ; la noblesse d'Empire est créée par décret en mars 1808, alors que Chabert est mort à Eylau en février 1807. \ **5.** *Rosses* : ce terme, qui désigne à l'origine un mauvais cheval, est employé ici de manière familière pour désigner un homme. \ **6.** *Ravenne* : la ville a été occupée par l'armée française de 1797 à 1815. Balzac avait été intéressé par un épisode de cette occupation, l'assassinat d'un soldat français dans les faubourgs de la ville occupée. \ **7.** *La maison {…} fort décente* : il s'agit d'une maison de prostitution.

pas colonel, j'étais simple cavalier, comme Boutin. Heureusement cette histoire comportait des détails qui ne pouvaient être connus que de nous seuls; et, quand je les lui rappelai, son incrédulité diminua. Je lui contai les accidents de ma bizarre existence. Quoique mes yeux, ma voix fussent, me dit-il, singulièrement altérés, que je n'eusse plus ni cheveux, ni dents, ni sourcils, que je fusse blanc comme un Albinos, il finit par retrouver son colonel dans le mendiant, après mille interrogations auxquelles je répondis victorieusement. Il me raconta ses aventures, elles n'étaient pas moins extraordinaires que les miennes : il revenait des confins de la Chine, où il avait voulu pénétrer après s'être échappé de la Sibérie. Il m'apprit les désastres de la campagne de Russie et la première abdication de Napoléon[1]. Cette nouvelle est une des choses qui m'ont fait le plus de mal! Nous étions deux débris curieux après avoir ainsi roulé sur le globe comme roulent dans l'Océan les cailloux emportés d'un rivage à l'autre par les tempêtes. À nous deux nous avions vu l'Égypte, la Syrie, l'Espagne, la Russie, la Hollande, l'Allemagne, l'Italie, la Dalmatie, l'Angleterre, la Chine, la Tartarie, la Sibérie; il ne nous manquait que d'être allés dans les Indes et en Amérique! Enfin, plus ingambe[2] que je ne l'étais, Boutin se chargea d'aller à Paris le plus lestement possible afin d'instruire ma femme de l'état dans lequel je me trouvais. J'écrivis à Mme Chabert une lettre bien détaillée. C'était la quatrième, monsieur! si j'avais eu des parents, tout cela ne serait peut-être pas arrivé; mais, il faut vous l'avouer, je suis un enfant d'hôpital[3], un soldat qui pour patrimoine avait son courage, pour famille tout le monde, pour patrie la France, pour tout protecteur le bon Dieu. Je me trompe! j'avais un père, l'Empereur! Ah! s'il était debout, le cher homme! et

---

1. *Il m'apprit {…} Napoléon* : allusion à la retraite de Russie (1812) et à l'abdication de 1814. \ **2.** *Ingambe* : valide, alerte. \ **3.** *Un enfant d'hôpital* : un enfant trouvé.

qu'il vît *son Chabert*, comme il me nommait, dans l'état où je suis, mais il se mettrait en colère. Que voulez-vous ! notre soleil s'est couché, nous avons tous froid maintenant [1]. Après tout, les événements politiques pouvaient justifier le silence de ma femme ! Boutin partit. Il était bien heureux, lui ! Il avait deux ours blancs supérieurement dressés qui le faisaient vivre. Je ne pouvais l'accompagner ; mes douleurs ne permettaient pas de faire de longues étapes. Je pleurai, monsieur, quand nous nous séparâmes, après avoir marché aussi longtemps que mon état put me le permettre en compagnie de ses ours et de lui. À Carlsruhe j'eus un accès de névralgie à la tête, et restai six semaines sur la paille dans une auberge ! Je ne finirais pas, monsieur, s'il fallait vous raconter tous les malheurs de ma vie de mendiant. Les souffrances morales, auprès desquelles pâlissent les douleurs physiques, excitent cependant moins de pitié, parce qu'on ne les voit point. Je me souviens d'avoir pleuré devant un hôtel de Strasbourg où j'avais donné jadis une fête, et où je n'obtins rien, pas même un morceau de pain. Ayant déterminé de concert avec Boutin l'itinéraire que je devais suivre, j'allais à chaque bureau de poste demander s'il y avait une lettre et de l'argent pour moi. Je vins jusqu'à Paris sans avoir rien trouvé. Combien de désespoirs ne m'a-t-il pas fallu dévorer ! "Boutin sera mort", me disais-je. En effet, le pauvre diable avait succombé à Waterloo [2]. J'appris sa mort plus tard et par hasard. Sa mission auprès de ma femme fut sans doute infructueuse. Enfin j'entrai dans Paris en même temps que les Cosaques [3]. Pour moi c'était douleur sur douleur. En voyant les Russes en France, je ne pensais plus que je n'avais ni souliers

---

1. *Nous avons tous froid maintenant* : quand Chabert parle, Napoléon n'est pas encore mort (il mourra en 1821). Il ne peut donc faire allusion qu'à la défaite politique et militaire et à l'Empereur exilé. Mais quand Balzac écrit, en 1832, l'Aiglon, fils de Napoléon, espoir des bonapartistes, vient de mourir et sa phrase avait un autre écho. \ **2.** *Waterloo* : le 18 juin 1815. \ **3.** *Les Cosaques* : cavaliers de l'armée russe. Paris capitule le 3 juillet 1815, les Russes y entrent le 6.

aux pieds ni argent dans ma poche. Oui, monsieur, mes vêtements étaient en lambeaux. La veille de mon arrivée je fus forcé de bivouaquer dans les bois de Claye. La fraîcheur de la nuit me causa sans doute un accès de je ne sais quelle maladie, qui me prit quand je traversai le faubourg Saint-Martin. Je tombai presque évanoui à la porte d'un marchand de fer. Quand je me réveillai, j'étais dans un lit à l'Hôtel-Dieu. Là je restai pendant un mois assez heureux. Je fus bientôt renvoyé. J'étais sans argent, mais bien portant et sur le bon pavé de Paris. Avec quelle joie et quelle promptitude j'allai rue du Mont-Blanc, où ma femme devait être logée dans un hôtel[1] à moi ! Bah ! la rue du Mont-Blanc était devenue la rue de la Chaussée d'Antin[2]. Je n'y vis plus mon hôtel, il avait été vendu, démoli. Des spéculateurs avaient bâti plusieurs maisons dans mes jardins. Ignorant que ma femme fût mariée à M. Ferraud, je ne pouvais obtenir aucun renseignement. Enfin je me rendis chez un vieil avocat qui jadis était chargé de mes affaires. Le bonhomme était mort après avoir cédé sa clientèle à un jeune homme. Celui-ci m'apprit, à mon grand étonnement, l'ouverture de ma succession, sa liquidation, le mariage de ma femme et la naissance de ses deux enfants. Quand je lui dis être le colonel Chabert, il se mit à rire si franchement que je le quittai sans lui faire la moindre observation. Ma détention de Stuttgart me fit songer à Charenton[3], et je résolus d'agir avec prudence. Alors, monsieur, sachant où demeurait ma femme, je m'acheminai vers son hôtel, le cœur plein d'espoir. Eh bien, dit le colonel avec un mouvement de rage concentrée, je n'ai pas été reçu lorsque je me fis annoncer sous un nom d'emprunt, et le jour

---

1. *Hôtel* : hôtel particulier, immeuble. \ **2.** *La rue de la Chaussée d'Antin* : cette rue était devenue en 1791 la rue Mirabeau, puis rue du Mont-Blanc en 1793, pour retrouver son ancien nom en 1816. Balzac y installe les banquiers et les nouveaux riches de ses romans, alors que l'aristocratie habite faubourg Saint-Germain, comme les Ferraud qui sont installés rue de Varenne. \ **3.** *Charenton* : ville où se trouvait une maison pour aliénés. Chabert a conscience qu'il risque d'être déclaré fou et interné.

où je pris le mien je fus consigné à sa porte. Pour voir la comtesse rentrant du bal ou du spectacle, au matin, je suis resté pendant des nuits entières collé contre la borne de sa porte cochère. Mon regard plongeait dans cette voiture qui passait devant mes yeux avec la rapidité de l'éclair, et où j'entrevoyais à peine cette femme qui est mienne et qui n'est plus à moi ! Oh ! dès ce jour j'ai vécu pour la vengeance, s'écria le vieillard d'une voix sourde en se dressant tout à coup devant Derville. Elle sait que j'existe ; elle a reçu de moi, depuis mon retour, deux lettres écrites par moi-même. Elle ne m'aime plus ! Moi, j'ignore si je l'aime ou si je la déteste ! je la désire et la maudis tour à tour. Elle me doit sa fortune, son bonheur ; eh bien, elle ne m'a pas seulement fait parvenir le plus léger secours ! Par moments je ne sais plus que devenir ! »

À ces mots, le vieux soldat retomba sur sa chaise, et redevint immobile. Derville resta silencieux, occupé à contempler son client.

« L'affaire est grave, dit-il enfin machinalement. Même en admettant l'authenticité des pièces qui doivent se trouver à Heilsberg, il ne m'est pas prouvé que nous puissions triompher tout d'abord. Le procès ira successivement devant trois tribunaux. Il faut réfléchir à tête reposée sur une semblable cause, elle est tout exceptionnelle.

— Oh ! répondit froidement le colonel en relevant la tête par un mouvement de fierté, si je succombe, je saurai mourir, mais en compagnie. »

Là, le vieillard avait disparu. Les yeux de l'homme énergique brillaient rallumés aux feux du désir et de la vengeance.

« Il faudra peut-être transiger[1], dit l'avoué.

— Transiger, répéta le colonel Chabert. Suis-je mort ou suis-je vivant ?

---

[1]. *Transiger* : négocier, arriver à un compromis. Rappelons que le premier titre du roman était *La Transaction*.

— Monsieur, reprit l'avoué, vous suivrez, je l'espère, mes conseils. Votre cause sera ma cause. Vous vous apercevrez bientôt de l'intérêt que je prends à votre situation, presque sans exemple dans les fastes judiciaires. En attendant, je vais vous donner un mot pour mon notaire, qui vous remettra, sur votre quittance, cinquante francs tous les dix jours. Il ne serait pas convenable que vous vinssiez chercher ici des secours. Si vous êtes le colonel Chabert, vous ne devez être à la merci de personne. Je donnerai à ces avances la forme d'un prêt. Vous avez des biens à recouvrer, vous êtes riche. »

Cette dernière délicatesse arracha des larmes au vieillard. Derville se leva brusquement, car il n'était peut-être pas de costume[1] qu'un avoué parût s'émouvoir ; il passa dans son cabinet, d'où il revint avec une lettre non cachetée qu'il remit au comte Chabert. Lorsque le pauvre homme la tint entre ses doigts, il sentit deux pièces d'or à travers le papier.

« Voulez-vous me désigner les actes, me donner le nom de la ville, du royaume ? » dit l'avoué.

Le colonel dicta les renseignements en vérifiant l'orthographe des noms de lieux ; puis il prit son chapeau d'une main, regarda Derville, lui tendit l'autre main, une main calleuse, et lui dit d'une voix simple : « Ma foi, monsieur, après l'Empereur, vous êtes l'homme auquel je devrai le plus ! Vous êtes *un brave*. »

L'avoué frappa dans la main du colonel, le reconduisit jusque sur l'escalier et l'éclaira.

« Boucard, dit Derville à son Maître clerc, je viens d'entendre une histoire qui me coûtera peut-être vingt-cinq louis. Si je suis volé, je ne regretterai pas mon argent, j'aurai vu le plus habile comédien de notre époque. »

Quand le colonel se trouva dans la rue et devant un réverbère, il retira de la lettre les deux pièces de vingt francs que l'avoué

---

1. *Costume* : archaïsme mis pour « coutume ».

lui avait données, et les regarda pendant un moment à la lumière. Il revoyait de l'or pour la première fois depuis neuf ans.

« Je[1] vais donc pouvoir fumer des cigares », se dit-il.

Environ trois mois après cette consultation nuitamment faite par le colonel Chabert chez Derville, le notaire chargé de payer la demi-solde que l'avoué faisait à son singulier client vint le voir pour conférer sur une affaire grave, et commença par lui réclamer six cents francs donnés au vieux militaire.

« Tu t'amuses donc à entretenir l'ancienne armée ? lui dit en riant ce notaire, nommé Crottat, jeune homme qui venait d'acheter l'étude où il était Maître clerc, et dont le patron venait de prendre la fuite en faisant une épouvantable faillite[2].

— Je te remercie, mon cher maître, répondit Derville, de me rappeler cette affaire-là. Ma philanthropie n'ira pas au delà de vingt-cinq louis, je crains déjà d'avoir été la dupe de mon patriotisme. »

Au moment où Derville achevait sa phrase, il vit sur son bureau les paquets que son Maître clerc y avait mis. Ses yeux furent frappés à l'aspect des timbres oblongs[3], carrés, triangulaires, rouges, bleus, apposés sur une lettre par les postes prussienne, autrichienne, bavaroise et française.

« Ah ! dit-il en riant, voici le dénouement de la comédie, nous allons voir si je suis attrapé. » Il prit la lettre et l'ouvrit, mais il n'y put rien lire, elle était écrite en allemand. « Boucard, allez vous-même faire traduire cette lettre, et revenez promptement », dit Derville en entrouvrant la porte de son cabinet et tendant la lettre à son Maître clerc.

Le notaire de Berlin auquel s'était adressé l'avoué lui annonçait que les actes dont les expéditions étaient demandées lui parviendraient quelques jours après cette lettre d'avis. Les

---

1. Dans les premiers états du texte, c'est ici que commençait la deuxième partie, intitulée « La Transaction ». \ **2.** *Et dont le patron {…} faillite* : il s'agit du notaire Roguin, dont la ruine entraîne la faillite du héros de *César Birotteau* (1837). \ **3.** *Oblongs* : plus longs que larges.

pièces étaient, disait-il, parfaitement en règle, et revêtues des légalisations nécessaires pour faire foi en justice. En outre, il lui mandait que presque tous les témoins des faits consacrés par les procès-verbaux existaient à Prussich-Eylau ; et que la femme à laquelle M. le comte Chabert devait la vie vivait encore dans un des faubourgs d'Heilsberg.

« Ceci devient sérieux », s'écria Derville quand Boucard eut fini de lui donner la substance de la lettre. « Mais, dis donc, mon petit, reprit-il en s'adressant au notaire, je vais avoir besoin de renseignements qui doivent être en ton étude. N'est-ce pas chez ce vieux fripon de Roguin…

— Nous disons l'infortuné, le malheureux Roguin, reprit maître Alexandre Crottat en riant et interrompant Derville.

— N'est-ce pas chez cet infortuné qui vient d'emporter huit cent mille francs à ses clients et de réduire plusieurs familles au désespoir, que s'est faite la liquidation de la succession Chabert ? Il me semble que j'ai vu cela dans nos pièces Ferraud.

— Oui, répondit Crottat, j'étais alors troisième clerc, je l'ai copiée et bien étudiée, cette liquidation. Rose Chapotel, épouse et veuve de Hyacinthe, dit Chabert, comte de l'Empire, grand-officier de la Légion d'honneur ; ils s'étaient mariés sans contrat, ils étaient donc communs en biens[1]. Autant que je puis m'en souvenir, l'actif s'élevait à six cent mille francs. Avant son mariage, le comte Chabert avait fait un testament en faveur des hospices de Paris, par lequel il leur attribuait le quart de la fortune qu'il possèderait au moment de son décès, le domaine[2] héritait de l'autre quart. Il y a eu licitation, vente et partage, parce que les avoués sont allés bon train. Lors de la liquidation, le monstre qui gouvernait alors la France[3] a rendu par un décret la portion du fisc à la veuve du colonel.

---

1. *Communs en biens* : les biens du ménage appartenaient aux deux époux de manière indissoluble. \ **2.** *Le domaine* : le domaine public, l'État. \ **3.** *Le monstre {…} la France* : les royalistes appelaient ainsi Napoléon.

— Ainsi la fortune personnelle du comte Chabert ne se monterait donc qu'à trois cent mille francs.

— Par conséquent, mon vieux ! répondit Crottat. Vous avez parfois l'esprit juste, vous autres avoués, quoiqu'on vous accuse de vous le fausser en plaidant aussi bien le Pour que le Contre[1]. »

Le comte Chabert, dont l'adresse se lisait au bas de la première quittance que lui avait remise le notaire, demeurait dans le faubourg Saint-Marceau, rue du Petit-Banquier[2], chez un vieux maréchal des logis de la garde impériale, devenu nourrisseur[3], et nommé Vergniaud. Arrivé là, Derville fut forcé d'aller à pied à la recherche de son client ; car son cocher refusa de s'engager dans une rue non pavée et dont les ornières étaient un peu trop profondes pour les roues d'un cabriolet. En regardant de tous les côtés, l'avoué finit par trouver, dans la partie de cette rue qui avoisine le boulevard, entre deux murs bâtis avec des ossements et de la terre, deux mauvais pilastres en moellons, que le passage des voitures avait ébréchés, malgré deux morceaux de bois placés en forme de bornes. Ces pilastres soutenaient une poutre couverte d'un chaperon en tuiles, sur laquelle ces mots étaient écrits en rouge : VERGNIAUD, NOURICEURE. À droite de ce nom, se voyaient des œufs, et à gauche une vache, le tout peint en blanc. La porte était ouverte et restait sans doute ainsi pendant toute la journée. Au fond d'une cour assez spacieuse, s'élevait, en face de la porte, une maison, si toutefois ce nom convient à l'une de ces masures bâties dans les faubourgs de Paris, et qui ne sont comparables à rien, pas même aux plus chétives habitations de la campagne, dont elles

---

1. *Le Pour et le Contre* : expression juridique rajoutée en 1835 qui évoque « Le Pour et le Contre », première partie de ce qui deviendra *Le Contrat de mariage* (1835). \ **2.** *Rue du Petit-Banquier* : aujourd'hui rue Watteau, dans le XIIIe arrondissement de Paris. Le quartier était alors encore rural, et le plus pauvre de Paris. Victor Hugo (1802-1885) y situera la masure Gorbeau où se réfugie Jean Valjean après avoir enlevé Cosette aux Thénardier, dans *Les Misérables* (1862). \ **3.** *Nourrisseur* : personne élevant des vaches ou des ânesses pour vendre leur lait.

ont la misère sans en avoir la poésie. En effet, au milieu des champs, les cabanes ont encore une grâce que leur donnent la pureté de l'air, la verdure, l'aspect des champs, une colline, un chemin tortueux, des vignes, une haie vive, la mousse des chaumes, et les ustensiles champêtres ; mais à Paris la misère ne se grandit que par son horreur. Quoique récemment construite, cette maison semblait près de tomber en ruine. Aucun des matériaux n'y avait eu sa vraie destination, ils provenaient tous des démolitions qui se font journellement dans Paris. Derville lut sur un volet fait avec les planches d'une enseigne : *Magasin de nouveautés*. Les fenêtres ne se ressemblaient point entre elles et se trouvaient bizarrement placées. Le rez-de-chaussée, qui paraissait être la partie habitable, était exhaussé d'un côté, tandis que de l'autre les chambres étaient enterrées par une éminence. Entre la porte et la maison s'étendait une mare pleine de fumier où coulaient les eaux pluviales et ménagères. Le mur sur lequel s'appuyait ce chétif logis, et qui paraissait être plus solide que les autres, était garni de cabanes grillagées où de vrais lapins faisaient leurs nombreuses familles. À droite de la porte cochère se trouvait la vacherie surmontée d'un grenier à fourrages, et qui communiquait à la maison par une laiterie. À gauche étaient une basse-cour, une écurie et un toit à cochons qui avait été fini, comme celui de la maison, en mauvaises planches de bois blanc clouées les unes sur les autres, et mal recouvertes avec du jonc. Comme presque tous les endroits où se cuisinent les éléments d'un grand repas que Paris dévore chaque jour, la cour dans laquelle Derville mit le pied offrait les traces de la précipitation voulue par la nécessité d'arriver à heure fixe. Ces grands vases de fer-blanc bossués dans lesquels se transporte le lait, et les pots qui contiennent la crème, étaient jetés pêle-mêle devant la laiterie, avec leurs bouchons de linge. Les loques trouées qui servaient à les essuyer flottaient au soleil étendues sur des ficelles attachées à des piquets. Ce cheval pacifique, dont la race ne se trouve que chez les laitières, avait fait quelques pas en avant de sa charrette et restait devant l'écurie, dont la porte était fermée. Une chèvre broutait le pampre[1] de la vigne grêle et poudreuse qui garnissait le mur jaune et lézardé de la maison. Un chat était accroupi sur les pots à crème et les léchait. Les poules, effarouchées à l'approche de Derville, s'envolèrent en criant, et le chien de garde aboya.

« L'homme qui a décidé le gain de la bataille d'Eylau serait là ! » se dit Derville en saisissant d'un seul coup d'œil l'ensemble de ce spectacle ignoble.

La maison était restée sous la protection de trois gamins. L'un, grimpé sur le faîte d'une charrette chargée de fourrage vert, jetait des pierres dans un tuyau de cheminée de la maison voisine, espérant qu'elles y tomberaient dans la marmite. L'autre essayait d'amener un cochon sur le plancher de la charrette qui touchait à terre, tandis que le troisième pendu à l'autre bout attendait que le cochon y fût placé pour l'enlever en faisant faire la bascule à la charrette. Quand Derville leur demanda si c'était bien là que demeurait M. Chabert, aucun ne répondit, et tous trois le regardèrent avec une stupidité spirituelle, s'il est permis d'allier ces deux mots. Derville réitéra ses questions sans succès. Impatienté par l'air narquois des trois drôles, il leur dit de ces injures plaisantes que les jeunes gens se croient le droit d'adresser aux enfants, et les gamins rompirent le silence par un rire brutal. Derville se fâcha. Le colonel, qui l'entendit, sortit d'une petite chambre basse située près de la laiterie et apparut sur le seuil de sa porte avec un flegme militaire inexprimable. Il avait à la bouche une de ces pipes notablement *culottées*[2] (expression technique des

---

1. *Pampre* : branche de vigne recouverte de feuille. \ **2.** *Culottées* : dont le fourneau, avec le temps, s'est couvert d'un dépôt noir.

fumeurs), une de ces humbles pipes de terre blanche nommées des *brûle-gueules*. Il leva la visière d'une casquette horriblement crasseuse, aperçut Derville et traversa le fumier, pour venir plus promptement à son bienfaiteur, en criant d'une voix amicale aux gamins : « Silence dans les rangs ! » Les enfants gardèrent aussitôt un silence respectueux qui annonçait l'empire exercé sur eux par le vieux soldat.

« Pourquoi ne m'avez-vous pas écrit ? dit-il à Derville. Allez le long de la vacherie[1] ! Tenez, là, le chemin est pavé », s'écriat-il en remarquant l'indécision de l'avoué qui ne voulait pas se mouiller les pieds dans le fumier.

En sautant de place en place, Derville arriva sur le seuil de la porte par où le colonel était sorti. Chabert parut désagréablement affecté d'être obligé de le recevoir dans la chambre qu'il occupait. En effet, Derville n'y aperçut qu'une seule chaise. Le lit du colonel consistait en quelques bottes de paille sur lesquelles son hôtesse avait étendu deux ou trois lambeaux de ces vieilles tapisseries, ramassées je ne sais où, qui servent aux laitières à garnir les bancs de leurs charrettes. Le plancher était tout simplement en terre battue. Les murs salpêtrés, verdâtres et fendus répandaient une si forte humidité, que le mur contre lequel couchait le colonel était tapissé d'une natte en jonc. Le fameux carrick pendait à un clou. Deux mauvaises paires de bottes gisaient dans un coin. Nul vestige de linge. Sur la table vermoulue, les Bulletins de la Grande Armée[2] réimprimés par Plancher étaient ouverts, et paraissaient être la lecture du colonel, dont la physionomie était calme et sereine au milieu de cette misère. Sa visite chez Derville semblait avoir changé le caractère de ses traits, où l'avoué trouva les traces d'une pensée heureuse, une lueur particulière qu'y avait jetée l'espérance.

---

1. *Vacherie* : étable. \ **2.** *La Grande Armée* : périphrase désignant l'armée de Napoléon Ier.

« La fumée de la pipe vous incommode-t-elle ? dit-il en tendant à son avoué la chaise à moitié dépaillée.

— Mais, colonel, vous êtes horriblement mal ici. »

Cette phrase fut arrachée à Derville par la défiance naturelle aux avoués, et par la déplorable expérience que leur donnent de bonne heure les épouvantables drames inconnus auxquels ils assistent.

« Voilà, se dit-il, un homme qui aura certainement employé mon argent à satisfaire les trois vertus théologales du troupier : le jeu, le vin et les femmes !

— C'est vrai, monsieur, nous ne brillons pas ici par le luxe. C'est un bivouac tempéré par l'amitié, mais... » Ici le soldat lança un regard profond à l'homme de loi. « Mais, je n'ai fait de tort à personne, je n'ai jamais repoussé personne, et je dors tranquille. »

L'avoué songea qu'il y aurait peu de délicatesse à demander compte à son client des sommes qu'il lui avait avancées, et il se contenta de lui dire : « Pourquoi n'avez-vous donc pas voulu venir dans Paris où vous auriez pu vivre aussi peu chèrement que vous vivez ici, mais où vous auriez été mieux ?

— Mais, répondit le colonel, les braves gens chez lesquels je suis m'avaient recueilli, nourri *gratis* depuis un an ! comment les quitter au moment où j'avais un peu d'argent ? Puis le père de ces trois gamins est un vieux *égyptien*...

— Comment, un égyptien ?

— Nous appelons ainsi les troupiers qui sont revenus de l'expédition d'Égypte[1] de laquelle j'ai fait partie. Non seulement tous ceux qui en sont revenus sont un peu frères, mais Vergniaud était alors dans mon régiment, nous avions partagé de l'eau dans le désert. Enfin, je n'ai pas encore fini d'apprendre à lire à ses marmots.

---

1. *L'expédition d'Égypte* : expédition conduite par Bonaparte en Égypte en 1798-1799.

— Il aurait bien pu vous mieux loger, pour votre argent, lui.

— Bah! dit le colonel, ses enfants couchent comme moi sur la paille! Sa femme et lui n'ont pas un lit meilleur, ils sont bien pauvres, voyez-vous? ils ont pris un établissement au-dessus de leurs forces. Mais si je recouvre ma fortune!... Enfin, suffit!

— Colonel, je dois recevoir demain ou après vos actes d'Heilsberg. Votre libératrice vit encore!

— Sacré argent! Dire que je n'en ai pas!» s'écria-t-il en jetant par terre sa pipe.

Une pipe *culottée* est une pipe précieuse pour un fumeur; mais ce fut par un geste si naturel, par un mouvement si généreux, que tous les fumeurs et même la Régie[1] lui eussent pardonné ce crime de lèse-tabac[2]. Les anges auraient peut-être ramassé les morceaux.

«Colonel, votre affaire est excessivement compliquée, lui dit Derville en sortant de la chambre pour s'aller promener au soleil le long de la maison.

— Elle me paraît, dit le soldat, parfaitement simple. L'on m'a cru mort, me voilà! rendez-moi ma femme et ma fortune; donnez-moi le grade de général auquel j'ai droit, car j'ai passé colonel dans la garde impériale, la veille de la bataille d'Eylau.

— Les choses ne vont pas ainsi dans le monde judiciaire, reprit Derville. Écoutez-moi. Vous êtes le comte Chabert, je le veux bien, mais il s'agit de le prouver judiciairement à des gens qui vont avoir intérêt à nier votre existence. Ainsi, vos actes seront discutés. Cette discussion entraînera dix ou douze questions préliminaires. Toutes iront contradictoirement jusqu'à la cour suprême, et constitueront autant de procès coûteux, qui traîneront en longueur, quelle que soit l'activité que j'y mette. Vos adversaires demanderont une enquête à laquelle nous ne

---

1. *La Régie* : organisme chargé de la commercialisation du tabac. \ **2.** *Crime de lèse-tabac* : crime contre le tabac (expression ironique, formée sur «crime de lèse-majesté» qui désigne un crime violant la personne et les intérêts de la majesté royale).

pourrons pas nous refuser, et qui nécessitera peut-être une commission rogatoire en Prusse. Mais supposons tout au mieux : admettons qu'il soit reconnu promptement par la justice que vous êtes le colonel Chabert. Savons-nous comment sera jugée la question soulevée par la bigamie fort innocente de la comtesse Ferraud ? Dans votre cause, le point de droit est en dehors du code, et ne peut être jugé par les juges que suivant les lois de la conscience, comme fait le jury dans les questions délicates que présentent les bizarreries sociales de quelques procès criminels. Or, vous n'avez pas eu d'enfants de votre mariage, et M. le comte Ferraud en a deux du sien, les juges peuvent déclarer nul le mariage où se rencontrent les liens les plus faibles, au profit du mariage qui en comporte de plus forts, du moment où il y a eu bonne foi chez les contractants. Serez-vous dans une position morale bien belle, en voulant *mordicus*[1] avoir à votre âge et dans les circonstances où vous vous trouvez une femme qui ne vous aime plus ? Vous aurez contre vous votre femme et son mari, deux personnes puissantes qui pourront influencer les tribunaux. Le procès a donc des éléments de durée. Vous aurez le temps de vieillir dans les chagrins les plus cuisants.

— Et ma fortune ?

— Vous vous croyez donc une grande fortune ?

— N'avais-je pas trente mille livres de rente ?

— Mon cher colonel, vous aviez fait, en 1799, avant votre mariage, un testament qui léguait le quart de vos biens aux hospices.

— C'est vrai.

— Eh bien, vous censé mort, n'a-t-il pas fallu procéder à un inventaire, à une liquidation afin de donner ce quart aux hospices ? Votre femme ne s'est pas fait scrupule de tromper les pauvres. L'inventaire, où sans doute elle s'est bien gardée de

---

1. *Mordicus* : à tout prix.

mentionner l'argent comptant, les pierreries, où elle aura produit peu d'argenterie, et où le mobilier a été estimé à deux tiers au-dessous du prix réel, soit pour la favoriser, soit pour payer moins de droits au fisc, et aussi parce que les commissaires-priseurs sont responsables de leurs estimations, l'inventaire ainsi fait a établi six cent mille francs de valeurs. Pour sa part, votre veuve avait droit à la moitié. Tout a été vendu, racheté par elle, elle a bénéficié sur tout, et les hospices ont eu leurs soixante-quinze mille francs. Puis, comme le fisc héritait de vous, attendu que vous n'aviez pas fait mention de votre femme dans votre testament, l'Empereur a rendu par un décret à votre veuve la portion qui revenait au domaine public. Maintenant, à quoi avez-vous droit ? à trois cent mille francs seulement, moins les frais.

— Et vous appelez cela la justice ? dit le colonel ébahi.

— Mais, certainement...

— Elle est belle.

— Elle est ainsi, mon pauvre colonel. Vous voyez que ce que vous avez cru facile ne l'est pas. Mme Ferraud peut même vouloir garder la portion qui lui a été donnée par l'Empereur.

— Mais elle n'était pas veuve, le décret est nul...

— D'accord. Mais tout se plaide. Écoutez-moi. Dans ces circonstances, je crois qu'une transaction serait, et pour vous et pour elle, le meilleur dénouement du procès. Vous y gagnerez une fortune plus considérable que celle à laquelle vous auriez droit.

— Ce serait vendre ma femme !

— Avec vingt-quatre mille francs de rente, vous aurez, dans la position où vous vous trouvez, des femmes qui vous conviendront mieux que la vôtre, et qui vous rendront plus heureux. Je compte aller voir aujourd'hui même Mme la comtesse Ferraud afin de sonder le terrain ; mais je n'ai pas voulu faire cette démarche sans vous en prévenir.

— Allons ensemble chez elle…

— Fait comme vous êtes ? dit l'avoué. Non, non, colonel, non. Vous pourriez y perdre tout à fait votre procès…

— Mon procès est-il gagnable ?

— Sur tous les chefs[1], répondit Derville. Mais, mon cher colonel Chabert, vous ne faites pas attention à une chose. Je ne suis pas riche, ma charge n'est pas entièrement payée. Si les tribunaux vous accordent une *provision*, c'est-à-dire une somme à prendre par avance sur votre fortune, ils ne l'accorderont qu'après avoir reconnu vos qualités de comte Chabert, grand-officier de la Légion d'honneur.

— Tiens, je suis grand-officier de la Légion, je n'y pensais plus, dit-il naïvement.

— Eh bien, jusque-là, reprit Derville, ne faut-il pas plaider, payer des avocats, lever et solder les jugements, faire marcher des huissiers, et vivre ? les frais des instances préparatoires se monteront, à vue de nez, à plus de douze ou quinze mille francs. Je ne les ai pas, moi qui suis écrasé par les intérêts énormes que je paye à celui qui m'a prêté l'argent de ma charge. Et vous ! où les trouverez-vous ? »

De grosses larmes tombèrent des yeux flétris du pauvre soldat et roulèrent sur ses joues ridées. À l'aspect de ces difficultés, il fut découragé. Le monde social et judiciaire lui pesait sur la poitrine comme un cauchemar.

« J'irai, s'écria-t-il, au pied de la colonne de la place Vendôme[2], je crierai là : "Je suis le colonel Chabert qui a enfoncé le grand carré des Russes à Eylau !" Le bronze, lui ! me reconnaîtra.

— Et l'on vous mettra sans doute à Charenton. »

À ce nom redouté, l'exaltation du militaire tomba.

---

1. *Sur tous les chefs* : sur tous les points. \ **2.** *Colonne {…} Vendôme* : colonne en bronze de 44 m de hauteur surmontée d'une statue de Napoléon Ier, achevée en 1810. Le monument, détruit en 1871, a été reconstruit sous la IIIe République.

« N'y aurait-il donc pas pour moi quelques chances favorables au ministère de la Guerre ?

— Les bureaux ! dit Derville. Allez-y, mais avec un jugement bien en règle qui déclare nul votre acte de décès. Les bureaux voudraient pouvoir anéantir les gens de l'Empire. »

Le colonel resta pendant un moment interdit, immobile, regardant sans voir, abîmé dans un désespoir sans bornes. La justice militaire est franche, rapide, elle décide à la turque, et juge presque toujours bien ; cette justice était la seule que connût Chabert. En apercevant le dédale[1] de difficultés où il fallait s'engager, en voyant combien il fallait d'argent pour y voyager, le pauvre soldat reçut un coup mortel dans cette puissance particulière à l'homme et que l'on nomme la *volonté*. Il lui parut impossible de vivre en plaidant, il fut pour lui mille fois plus simple de rester pauvre, mendiant, de s'engager comme cavalier si quelque régiment voulait de lui. Ses souffrances physiques et morales lui avaient déjà vicié le corps dans quelques-uns des organes les plus importants. Il touchait à l'une de ces maladies pour lesquelles la médecine n'a pas de nom, dont le siège est en quelque sorte mobile comme l'appareil nerveux qui paraît le plus attaqué parmi tous ceux de notre machine, affection qu'il faudrait nommer le *spleen*[2] du malheur. Quelque grave que fût déjà ce mal invisible, mais réel, il était encore guérissable par une heureuse conclusion. Pour ébranler tout à fait cette vigoureuse organisation, il suffirait d'un obstacle nouveau, de quelque fait imprévu qui en romprait les ressorts affaiblis et produirait ces hésitations, ces actes incompris, incomplets, que les physiologistes observent chez les êtres ruinés par les chagrins.

---

1. *Dédale* : labyrinthe. \ **2.** *Spleen* : état d'abattement, ennui sans cause, dégoût de la vie. On sait l'emploi que fera Baudelaire de ce mot.

En reconnaissant alors les symptômes d'un profond abattement chez son client, Derville lui dit : « Prenez courage, la solution de cette affaire ne peut que vous être favorable. Seulement, examinez si vous pouvez me donner toute votre confiance, et accepter aveuglément le résultat que je croirai le meilleur pour vous.

— Faites comme vous voudrez, dit Chabert.

— Oui, mais vous vous abandonnez à moi comme un homme qui marche à la mort ?

— Ne vais-je pas rester sans état, sans nom ? Est-ce tolérable ?

— Je ne l'entends pas ainsi, dit l'avoué. Nous poursuivrons à l'amiable un jugement pour annuler votre acte de décès et votre mariage, afin que vous repreniez vos droits. Vous serez même, par l'influence du comte Ferraud, porté sur les cadres de l'armée comme général, et vous obtiendrez sans doute une pension.

— Allez donc! répondit Chabert, je me fie entièrement à vous.

— Je vous enverrai donc une procuration à signer, dit Derville. Adieu, bon courage! S'il vous faut de l'argent, comptez sur moi. »

Chabert serra chaleureusement la main de Derville, et resta le dos appuyé contre la muraille, sans avoir la force de le suivre autrement que des yeux. Comme tous les gens qui comprennent peu les affaires judiciaires, il s'effrayait de cette lutte imprévue. Pendant cette conférence, à plusieurs reprises, il s'était avancé, hors d'un pilastre de la porte cochère, la figure d'un homme posté dans la rue pour guetter la sortie de Derville, et qui l'accosta quand il sortit. C'était un vieux homme vêtu d'une veste bleue, d'une cotte blanche plissée semblable à celle des brasseurs, et qui portait sur la tête une casquette de loutre. Sa figure était brune, creusée, ridée, mais rougie sur des pommettes par l'excès du travail et hâlée par le grand air.

« Excusez, monsieur, dit-il à Derville en l'arrêtant par le bras, si je prends la liberté de vous parler, mais je me suis douté, en vous voyant, que vous étiez l'ami de notre général.

— Eh bien ? dit Derville, en quoi vous intéressez-vous à lui ? Mais qui êtes-vous ? reprit le défiant avoué.

— Je suis Louis Vergniaud, répondit-il d'abord. Et j'aurais deux mots à vous dire.

— Et c'est vous qui avez logé le comte Chabert comme il l'est ?

— Pardon, excuse, monsieur, il a la plus belle chambre. Je lui aurais donné la mienne, si je n'en avais eu qu'une. J'aurais couché dans l'écurie. Un homme qui a souffert comme lui, qui apprend à lire à mes *mioches*, un général, un égyptien, le premier lieutenant sous lequel j'ai servi... faudrait voir ? Du tout, il est le mieux logé. J'ai partagé avec lui ce que j'avais. Malheureusement ce n'était pas grand-chose, du pain, du lait, des œufs ; enfin à la guerre comme à la guerre ! C'est de bon cœur. Mais il nous a vexés.

— Lui ?

— Oui, monsieur, vexés, là ce qui s'appelle en plein. J'ai pris un établissement au-dessus de mes forces, il le voyait bien. Ça vous le contrariait, et il pansait le cheval ! Je lui dis : "Mais, mon général ? — Bah ! qui dit, je ne veux pas être comme un fainéant, et il y a longtemps que je sais brosser le lapin." J'avais donc fait des billets pour le prix de ma vacherie à un nommé Grados... Le connaissez-vous, monsieur ?

— Mais, mon cher, je n'ai pas le temps de vous écouter. Seulement dites-moi comment le colonel vous a vexés !

— Il nous a vexés, monsieur, aussi vrai que je m'appelle Louis Vergniaud et que ma femme en a pleuré. Il a su par les voisins que nous n'avions pas le premier sou de notre billet. Le vieux grognard, sans rien dire, a amassé tout ce que vous lui donniez, a guetté le billet et l'a payé. C'te malice ! Que ma femme et moi nous savions qu'il n'avait pas de tabac, ce pauvre vieux, et qu'il s'en passait! Oh! maintenant, tous les matins il a ses cigares! je me vendrais plutôt... Non! nous sommes vexés. Donc, je voudrais vous proposer de nous prêter, vu qu'il nous a dit que vous étiez un brave homme, une centaine d'écus sur notre établissement, afin que nous lui fassions faire des habits, que nous lui meublions sa chambre. Il a cru nous acquitter, pas vrai? Eh bien, au contraire, voyez-vous, l'ancien nous a endettés... et vexés! Il ne devait pas nous faire cette avanie-là. Il nous a vexés! et des amis, encore? Foi d'honnête homme, aussi vrai que je m'appelle Louis Vergniaud, je m'engagerais plutôt que de ne pas vous rendre cet argent-là... »

Derville regarda le nourrisseur, et fit quelques pas en arrière pour revoir la maison, la cour, les fumiers, l'étable, les lapins, les enfants.

« Par ma foi, je crois qu'un des caractères de la vertu est de ne pas être propriétaire, se dit-il. Va, tu auras tes cent écus! et plus même. Mais ce ne sera pas moi qui te les donnerai, le colonel sera bien assez riche pour t'aider, et je ne veux pas lui en ôter le plaisir.

— Ce sera-t-il bientôt?

— Mais oui.

— Ah! mon Dieu, que mon épouse va-t-être contente! »

Et la figure tannée du nourrisseur sembla s'épanouir.

« Maintenant, se dit Derville en remontant dans son cabriolet, allons chez notre adversaire. Ne laissons pas voir notre jeu, tâchons de connaître le sien, et gagnons la partie d'un seul coup. Il faudrait l'effrayer? Elle est femme. De quoi s'effraient le plus les femmes? Mais les femmes ne s'effraient que de... »

Il se mit à étudier la position de la comtesse, et tomba dans une de ces méditations auxquelles se livrent les grands politiques en concevant leurs plans, en tâchant de deviner le secret des cabinets ennemis. Les avoués ne sont-ils pas en quelque sorte des hommes d'État chargés des affaires privées ? Un coup d'œil jeté sur la situation de M. le comte Ferraud et de sa femme est ici nécessaire pour faire comprendre le génie de l'avoué.

M. le comte Ferraud était le fils d'un ancien conseiller au Parlement de Paris, qui avait émigré pendant le temps de la Terreur[1], et qui, s'il sauva sa tête, perdit sa fortune. Il rentra sous le Consulat[2] et resta constamment fidèle aux intérêts de Louis XVIII, dans les entours duquel était son père avant la révolution. Il appartenait donc à cette partie du faubourg Saint-Germain[3] qui résista noblement aux séductions de Napoléon. La réputation de capacité que se fit le jeune comte, alors simplement appelé M. Ferraud, le rendit l'objet des coquetteries de l'Empereur, qui souvent était aussi heureux de ses conquêtes sur l'aristocratie que du gain d'une bataille. On promit au comte la restitution de son titre, celle de ses biens non vendus, on lui montra dans le lointain un ministère, une sénatorerie. L'Empereur échoua. M. Ferraud était, lors de la mort du comte Chabert, un jeune homme de vingt-six ans, sans fortune, doué de formes agréables, qui avait des succès et que le faubourg Saint-Germain avait adopté comme une de ses gloires ; mais Mme la comtesse Chabert avait su tirer un si bon parti de la succession de son mari, qu'après dix-huit mois de veuvage elle possédait environ quarante mille livres de rente. Son mariage avec le jeune comte ne fut pas accepté comme une nouvelle[4] par les coteries du faubourg Saint-Germain. Heureux de ce mariage qui répondait à ses idées de fusion, Napoléon rendit à Mme Chabert la portion dont héritait le fisc dans la succession du colonel ; mais l'espérance de Napoléon fut encore trompée. Mme Ferraud n'aimait pas seulement son amant dans

---

1. *Le temps de la Terreur* : en 1793-1794. \ **2.** *Sous le Consulat* : entre nov. 1799 et mai 1804. \ **3.** *Faubourg Saint-Germain* : quartier habité par l'ancienne noblesse. \ **4.** *Comme une nouvelle* : l'expression sous-entend que le mariage régularisait une liaison ancienne et connue.

le jeune homme, elle avait été séduite aussi par l'idée d'entrer dans cette société dédaigneuse qui, malgré son abaissement, dominait la cour impériale. Toutes ses vanités étaient flattées autant que ses passions dans ce mariage. Elle allait devenir une *femme comme il faut*. Quand le faubourg Saint-Germain sut que le mariage du jeune comte n'était pas une défection, les salons s'ouvrirent à sa femme. La Restauration vint. La fortune politique du comte Ferraud ne fut pas rapide. Il comprenait les exigences de la position dans laquelle se trouvait Louis XVIII, il était du nombre des initiés qui attendaient *que l'abîme des révolutions fût fermé*, car cette phrase royale[1], dont se moquèrent tant les libéraux[2], cachait un sens politique. Néanmoins, l'ordonnance citée dans la longue phrase cléricale[3] qui commence cette histoire lui avait rendu deux forêts et une terre dont la valeur avait considérablement augmenté pendant le séquestre. En ce moment, quoique le comte Ferraud fût conseiller d'État, directeur général, il ne considérait sa position que comme le début de sa fortune politique. Préoccupé par les soins d'une ambition dévorante, il s'était attaché comme secrétaire un ancien avoué ruiné nommé Delbecq, homme plus qu'habile, qui connaissait admirablement les ressources de la chicane, et auquel il laissait la conduite de ses affaires privées. Le rusé praticien avait assez bien compris sa position chez le comte pour y être probe[4] par spéculation. Il espérait parvenir à quelque place par le crédit de son patron, dont la fortune était l'objet de tous ses soins. Sa conduite démentait tellement sa vie antérieure qu'il passait pour un homme calomnié. Avec le tact et la finesse dont sont plus ou moins douées toutes les femmes, la comtesse, qui avait deviné son intendant, le surveillait adroi-

---

1. *Cette phrase royale* : en 1815, Louis XVIII déclara « l'abîme des révolutions est fermé » pour affirmer la continuité entre son règne commençant et l'Ancien Régime qui avait précédé la Révolution. \ **2.** *Les libéraux* : le parti anti-royaliste. \ **3.** *Cléricale* : écrite par un clerc (voir la première scène du roman, l. 38-89). \ **4.** *Probe* : honnête.

tement, et savait si bien le manier, qu'elle en avait déjà tiré
un très bon parti pour l'augmentation de sa fortune particu-
1420 lière. Elle avait su persuader à Delbecq qu'elle gouvernait
M. Ferraud, et lui avait promis de le faire nommer président
d'un tribunal de première instance dans l'une des plus importantes villes de France, s'il se dévouait entièrement à ses intérêts. La promesse d'une place inamovible qui lui permettrait
1425 de se marier avantageusement et de conquérir plus tard une
haute position dans la carrière politique en devenant député fit
de Delbecq l'âme damnée de la comtesse. Il ne lui avait laissé
manquer aucune des chances favorables que les mouvements
de Bourse et la hausse des propriétés présentèrent dans Paris
1430 aux gens habiles pendant les trois premières années de la
Restauration[1]. Il avait triplé les capitaux de sa protectrice, avec
d'autant plus de facilité que tous les moyens avaient paru bons
à la comtesse afin de rendre promptement sa fortune énorme.
Elle employait les émoluments[2] des places occupées par le
1435 comte aux dépenses de la maison, afin de pouvoir capitaliser ses
revenus, et Delbecq se prêtait aux calculs de cette avarice sans
chercher à s'en expliquer les motifs. Ces sortes de gens ne s'in-
quiètent que des secrets dont la découverte est nécessaire à leurs
intérêts. D'ailleurs il en trouvait si naturellement la raison dans
1440 cette soif d'or dont sont atteintes la plupart des Parisiennes, et
il fallait une si grande fortune pour appuyer les prétentions du
comte Ferraud, que l'intendant croyait parfois entrevoir dans
l'avidité de la comtesse un effet de son dévouement pour
l'homme de qui elle était toujours éprise. La comtesse avait
1445 enseveli les secrets de sa conduite au fond de son cœur. Là
étaient des secrets de vie et de mort pour elle, là était précisément le nœud de cette histoire. Au commencement de l'année
1818, la Restauration fut assise sur des bases en apparence

---

1. *Les trois premières années de la Restauration* : de 1815 à 1818. \ **2.** *Émoluments* : revenus.

inébranlables, ses doctrines gouvernementales, comprises par les esprits élevés, leur parurent devoir amener pour la France une ère de prospérité nouvelle, alors la société parisienne changea de face. Mme la comtesse Ferraud se trouva par hasard avoir fait tout ensemble un mariage d'amour, de fortune et d'ambition. Encore jeune et belle, Mme Ferraud joua le rôle d'une femme à la mode, et vécut dans l'atmosphère de la cour. Riche par elle-même, riche par son mari, qui, prôné comme un des hommes les plus capables du parti royaliste et l'ami du Roi, semblait promis à quelque ministère, elle appartenait à l'aristocratie, elle en partageait la splendeur. Au milieu de ce triomphe, elle fut atteinte d'un cancer moral. Il est de ces sentiments que les femmes devinent malgré le soin avec lequel les hommes mettent à les enfouir. Au premier retour du Roi, le comte Ferraud avait conçu quelques regrets de son mariage. La veuve du colonel Chabert ne l'avait allié à personne, il était seul et sans appui pour se diriger dans une carrière pleine d'écueils et pleine d'ennemis. Puis, peut-être, quand il avait pu juger froidement sa femme, avait-il reconnu chez elle quelques vices d'éducation qui la rendaient impropre à le seconder dans ses projets. Un mot dit par lui à propos du mariage de Talleyrand[1] éclaira la comtesse, à laquelle il fut prouvé que si son mariage était à faire, jamais elle n'eût été Mme Ferraud. Ce regret, quelle femme le pardonnerait ? Ne contient-il pas toutes les injures, tous les crimes, toutes les répudiations en germe ? Mais quelle plaie ne devait pas faire ce mot dans le cœur de la comtesse, si l'on vient à supposer qu'elle craignait de voir revenir son premier mari ! Elle l'avait su vivant, elle l'avait repoussé. Puis, pendant le temps où elle n'en avait plus entendu parler, elle s'était plu à le croire mort à Waterloo avec

---

1. *Mariage de Talleyrand* : Napoléon avait imposé à Talleyrand (1754-1838), son spirituel ministre, d'épouser en 1802 Mme Grand, sa maîtresse, très belle mais très stupide. Dès 1815, il se sépara d'elle.

les aigles impériales[1] en compagnie de Boutin. Néanmoins elle conçut d'attacher le comte à elle par le plus fort des liens, par la chaîne d'or, et voulut être si riche que sa fortune rendît son second mariage indissoluble, si par hasard le comte Chabert reparaissait encore. Et il avait reparu, sans qu'elle s'expliquât pourquoi la lutte qu'elle redoutait n'avait pas déjà commencé. Les souffrances, la maladie l'avaient peut-être délivrée de cet homme. Peut-être était-il à moitié fou, Charenton pouvait encore lui en faire raison. Elle n'avait pas voulu mettre Delbecq ni la police dans sa confidence, de peur de se donner un maître, ou de précipiter la catastrophe. Il existe à Paris beaucoup de femmes qui, semblables à la comtesse Ferraud, vivent avec un monstre moral inconnu, ou côtoient un abîme ; elles se font un calus[2] à l'endroit de leur mal, et peuvent encore rire et s'amuser.

« Il y a quelque chose de bien singulier dans la situation de M. le comte Ferraud, se dit Derville en sortant de sa longue rêverie, au moment où son cabriolet s'arrêtait rue de Varenne, à la porte de l'hôtel Ferraud. Comment, lui si riche, aimé du Roi, n'est-il pas encore pair de France ? Il est vrai qu'il entre peut-être dans la politique du Roi, comme me le disait Mme de Grandlieu, de donner une haute importance à la pairie en ne la prodiguant pas. D'ailleurs, le fils d'un conseiller au Parlement n'est ni un Crillon, ni un Rohan[3]. Le comte Ferraud ne peut entrer que subrepticement dans la chambre haute. Mais, si son mariage était cassé, ne pourrait-il faire passer sur sa tête, à la grande satisfaction du roi, la pairie d'un de ces vieux sénateurs qui n'ont que des filles ? Voilà certes une bonne bourde à mettre en avant pour effrayer notre comtesse », se dit-il en montant le perron.

---

1. *Aigles impériales* : le mot « aigle » est féminin quand il désigne les armes de l'Empire. \ **2.** *Calus* : induration de la peau qui la protège là où un outil peut la blesser. \ **3.** *Ni un Crillon, ni un Rohan* : noms de grandes familles aristocratiques françaises.

Derville avait, sans le savoir, mis le doigt sur la plaie secrète, enfoncé la main dans le cancer qui dévorait Mme Ferraud. Il fut reçu par elle dans une jolie salle à manger d'hiver, où elle déjeunait en jouant avec un singe[1] attaché par une chaîne à une espèce de petit poteau garni de bâtons en fer. La comtesse était enveloppée dans un élégant peignoir, les boucles de ses cheveux, négligemment rattachés, s'échappaient d'un bonnet qui lui donnait un air mutin. Elle était fraîche et rieuse. L'argent, le vermeil, la nacre étincelaient sur la table, et il y avait autour d'elle des fleurs curieuses plantées dans de magnifiques vases en porcelaine. En voyant la femme du comte Chabert, riche de ses dépouilles, au sein du luxe, au faîte[2] de la société, tandis que le malheureux vivait chez un pauvre nourrisseur au milieu des bestiaux, l'avoué se dit : « La morale de ceci est qu'une jolie femme ne voudra jamais reconnaître son mari, ni même son amant dans un homme en vieux carrick, en perruque de chiendent et en bottes percées. » Un sourire malicieux et mordant exprima les idées moitié philosophiques, moitié railleuses qui devaient venir à un homme si bien placé pour connaître le fond des choses, malgré les mensonges sous lesquels la plupart des familles parisiennes cachent leur existence.

« Bonjour, monsieur Derville, dit-elle en continuant à faire prendre du café au singe.

— Madame, dit-il brusquement, car il se choqua du ton léger avec lequel la comtesse lui avait dit "Bonjour, monsieur Derville", je viens causer avec vous d'une affaire assez grave.

— J'en suis *désespérée*, M. le comte est absent...

— J'en suis enchanté, moi, madame. Il serait *désespérant* qu'il assistât à notre conférence. Je sais d'ailleurs, par Delbecq, que

---

1. *où elle déjeunait {...} un singe* : la mode des petits singes domestiques était très répandue à Paris à cette époque. \ **2.** *Faîte* : sommet.

vous aimez à faire vos affaires vous-même sans en ennuyer M. le comte.

— Alors, je vais faire appeler Delbecq, dit-elle.

— Il vous serait inutile, malgré son habileté, reprit Derville. Écoutez, madame, un mot suffira pour vous rendre sérieuse. Le comte Chabert existe.

— Est-ce en disant de semblables bouffonneries que vous voulez me rendre sérieuse ? » dit-elle en partant d'un éclat de rire.

Mais la comtesse fut tout à coup domptée par l'étrange lucidité du regard fixe par lequel Derville l'interrogeait en paraissant lire au fond de son âme.

« Madame, répondit-il avec une gravité froide et perçante, vous ignorez l'étendue des dangers qui vous menacent. Je ne vous parlerai pas de l'incontestable authenticité des pièces, ni de la certitude des preuves qui attestent l'existence du comte Chabert. Je ne suis pas homme à me charger d'une mauvaise cause, vous le savez. Si vous vous opposez à notre inscription en faux[1] contre l'acte de décès, vous perdrez ce premier procès, et cette question résolue en notre faveur nous fait gagner toutes les autres.

— De quoi prétendez-vous donc me parler ?

— Ni du colonel, ni de vous. Je ne vous parlerai pas non plus des mémoires que pourraient faire des avocats spirituels, armés des faits curieux de cette cause, et du parti qu'ils tireraient des lettres que vous avez reçues de votre premier mari avant la célébration de votre mariage avec votre second.

— Cela est faux ! dit-elle avec toute la violence d'une petite-maîtresse[2]. Je n'ai jamais reçu de lettre du comte Chabert ; et si quelqu'un se dit être le colonel, ce ne peut être qu'un

---

1. *Inscription en faux* : procédure juridique visant à contester la validité de l'acte de décès.
2. *Petite-maîtresse* : jeune femme un peu prétentieuse.

intrigant, quelque forçat libéré, comme Coignard[1] peut-être. Le frisson prend rien que d'y penser. Le colonel peut-il ressusciter, monsieur ? Bonaparte m'a fait complimenter[2] sur sa mort par un aide de camp, et je touche encore aujourd'hui trois mille francs de pension accordée à sa veuve par les Chambres. J'ai eu mille fois raison de repousser tous les Chabert qui sont venus, comme je repousserai tous ceux qui viendront.

— Heureusement nous sommes seuls, madame. Nous pouvons mentir à notre aise », dit-il froidement en s'amusant à aiguillonner la colère qui agitait la comtesse afin de lui arracher quelques indiscrétions, par une manœuvre familière aux avoués, habitués à rester calmes quand leurs adversaires ou leurs clients s'emportent.

« Hé bien donc, à nous deux », se dit-il à lui-même en imaginant à l'instant un piège pour lui démontrer sa faiblesse. « La preuve de la remise de la première lettre existe, madame, reprit-il à haute voix, elle contenait des valeurs...

— Oh ! pour des valeurs, elle n'en contenait pas.

— Vous avez donc reçu cette première lettre, reprit Derville en souriant. Vous êtes déjà prise dans le premier piège que vous tend un avoué, et vous croyez pouvoir lutter avec la justice... »

La comtesse rougit, pâlit, se cacha la figure dans les mains. Puis, elle secoua sa honte, et reprit avec le sang-froid naturel à ces sortes de femmes : « Puisque vous êtes l'avoué du prétendu Chabert, faites-moi le plaisir de...

— Madame, dit Derville en l'interrompant, je suis encore en ce moment votre avoué comme celui du colonel. Croyez-vous que je veuille perdre une clientèle aussi précieuse que l'est la vôtre[3] ? Mais vous ne m'écoutez pas...

---

1. *Coignard* : célèbre aventurier. Échappé du bagne, il avait réussi à faire carrière dans la gendarmerie sous un faux nom, sous Louis XVIII. Reconnu, il mourut au bagne de Brest en 1831. \ **2.** *Complimenter* : on « complimentait » aussi bien pour un événement heureux que malheureux. \ **3.** *Croyez-vous {...} la vôtre* : s'il y a procès, l'avoué doit choisir une des parties. Il a donc intérêt à ce que la transaction qu'il propose se fasse.

— Parlez, monsieur, dit-elle gracieusement.

— Votre fortune vous venait de M. le comte Chabert, et vous l'avez repoussé. Votre fortune est colossale, et vous le laissez mendier. Madame, les avocats sont bien éloquents lorsque les causes sont éloquentes par elles-mêmes, il se rencontre ici des circonstances capables de soulever contre vous l'opinion publique.

— Mais, monsieur, dit la comtesse impatientée de la manière dont Derville la tournait et retournait sur le gril, en admettant que votre M. Chabert existe, les tribunaux maintiendront mon second mariage à cause des enfants, et j'en serai quitte pour rendre deux cent vingt-cinq mille francs à M. Chabert.

— Madame, nous ne savons pas de quel côté les tribunaux verront la question sentimentale. Si, d'une part, nous avons une mère et ses enfants, nous avons de l'autre un homme accablé de malheurs, vieilli par vous, par vos refus. Où trouvera-t-il une femme ? Puis, les juges peuvent-ils heurter la loi ? Votre mariage avec le colonel a pour lui le droit, la priorité. Mais si vous êtes représentée sous d'odieuses couleurs, vous pourriez avoir un adversaire auquel vous ne vous attendez pas. Là, madame, est ce danger dont je voudrais vous préserver.

— Un nouvel adversaire ! dit-elle, qui ?

— M. le comte Ferraud, madame.

— M. Ferraud a pour moi un trop vif attachement, et, pour la mère de ses enfants, un trop grand respect…

— Ne parlez pas de ces niaiseries-là, dit Derville en l'interrompant, à des avoués habitués à lire au fond des cœurs. En ce moment M. Ferraud n'a pas la moindre envie de rompre votre mariage et je suis persuadé qu'il vous adore ; mais si quelqu'un venait lui dire que son mariage peut être annulé, que sa femme sera traduite en criminelle au banc de l'opinion publique…

— Il me défendrait ! monsieur.

— Non, madame.

— Quelle raison aurait-il de m'abandonner, monsieur ?
— Mais celle d'épouser la fille unique d'un pair de France, dont la pairie lui serait transmise par ordonnance du Roi... »
La comtesse pâlit.

« Nous y sommes ! se dit en lui-même Derville. Bien, je te tiens, l'affaire du pauvre colonel est gagnée. »

« D'ailleurs, madame, reprit-il à haute voix, il aurait d'autant moins de remords, qu'un homme couvert de gloire, général, comte, grand-officier de la Légion d'honneur, ne serait pas un pis-aller[1] ; et si cet homme lui redemande sa femme...
— Assez ! assez ! monsieur, dit-elle. Je n'aurai jamais que vous pour avoué. Que faire ?
— Transiger ! dit Derville.
— M'aime-t-il encore ? dit-elle.
— Mais je ne crois pas qu'il puisse en être autrement. »

À ce mot, la comtesse dressa la tête. Un éclair d'espérance brilla dans ses yeux ; elle comptait peut-être spéculer sur la tendresse de son premier mari pour gagner son procès par quelque ruse de femme.

« J'attendrai vos ordres, madame, pour savoir s'il faut vous signifier nos actes, ou si vous voulez venir chez moi pour arrêter les bases d'une transaction », dit Derville en saluant la comtesse.

Huit jours après les deux visites que Derville avait faites, et par une belle matinée du mois de juin, les époux, désunis par un hasard presque surnaturel, partirent des deux points les plus opposés de Paris, pour venir se rencontrer dans l'étude de leur avoué commun. Les avances qui furent largement faites par Derville au colonel Chabert lui avaient permis d'être vêtu selon son rang. Le défunt arriva donc voituré dans un cabriolet fort propre. Il avait la tête couverte d'une perruque appropriée à sa physionomie, il était habillé de drap bleu, avait du linge blanc,

---

1. *Un pis-aller* : une solution dont on se contente faute de mieux.

et portait sous son gilet le sautoir rouge des grands-officiers de la Légion d'honneur [1]. En reprenant les habitudes de l'aisance, il avait retrouvé son ancienne élégance martiale. Il se tenait droit. Sa figure, grave et mystérieuse, où se peignaient le bonheur et toutes ses espérances, paraissait être rajeunie et plus grasse, pour emprunter à la peinture une de ses expressions les plus pittoresques. Il ne ressemblait pas plus au Chabert en vieux carrick, qu'un gros sou ne ressemble à une pièce de quarante francs nouvellement frappée. À le voir, les passants eussent facilement reconnu en lui l'un de ces beaux débris de notre ancienne armée, un de ces hommes héroïques sur lesquels se reflète notre gloire nationale, et qui la représentent comme un éclat de glace illuminé par le soleil semble en réfléchir tous les rayons. Ces vieux soldats sont tout ensemble des tableaux et des livres. Quand le comte descendit de sa voiture pour monter chez Derville, il sauta légèrement comme aurait pu faire un jeune homme. À peine son cabriolet avait-il retourné, qu'un joli coupé tout armorié arriva. Mme la comtesse Ferraud en sortit dans une toilette simple, mais habilement calculée pour montrer la jeunesse de sa taille. Elle avait une jolie capote doublée de rose qui encadrait parfaitement sa figure, en dissimulait les contours, et la ravivait. Si les clients s'étaient rajeunis, l'étude était restée semblable à elle-même, et offrait alors le tableau par la description duquel cette histoire a commencé. Simonnin déjeunait, l'épaule appuyée sur la fenêtre qui alors était ouverte ; et il regardait le bleu du ciel par l'ouverture de cette cour entourée de quatre corps de logis noirs.

— Ha ! s'écria le petit clerc, qui veut parier un spectacle que le colonel Chabert est général, et cordon rouge ?

— Le patron est un fameux sorcier ! dit Godeschal.

---

1. *Il était habillé {...} Légion d'honneur* : on note les couleurs du drapeau républicain ; sous la Restauration le drapeau était blanc.

— Il n'y a donc pas de tour à lui jouer cette fois ? demanda Desroches.

— C'est sa femme qui s'en charge, la comtesse Ferraud ! dit Boucard.

— Allons, dit Godeschal, la comtesse Ferraud serait donc obligée d'être à deux...[1]

— La voilà ! » dit Simonnin.

En ce moment le colonel entra et demanda Derville.

« Il y est, monsieur le comte, répondit Simonnin.

— Tu n'es donc pas sourd, petit drôle ? » dit Chabert en prenant le saute-ruisseau par l'oreille et la lui tortillant à la satisfaction des clercs, qui se mirent à rire et regardèrent le colonel avec la curieuse considération due à ce singulier personnage.

Le comte Chabert était chez Derville, au moment où sa femme entra par la porte de l'étude.

« Dites donc, Boucard, il va se passer une singulière scène dans le cabinet du patron ! Voilà une femme qui peut aller les jours pairs chez le comte Ferraud et les jours impairs chez le comte Chabert.

— Dans les années bissextiles, dit Godeschal, le compte y sera.

— Taisez-vous donc ! messieurs, l'on peut entendre, dit sévèrement Boucard ; je n'ai jamais vu d'étude où l'on plaisantât, comme vous le faites, sur les clients. »

Derville avait consigné le colonel dans la chambre à coucher, quand la comtesse se présenta.

« Madame, lui dit-il, ne sachant pas s'il vous serait agréable de voir M. le comte Chabert, je vous ai séparés. Si cependant vous désiriez...

— Monsieur, c'est une attention dont je vous remercie.

---

1. *Être à deux* : appartenir à deux maris. *La Comtesse à deux maris* était l'un des premiers titres de la nouvelle.

— J'ai préparé la minute d'un acte dont les conditions pourront être discutées par vous et par M. Chabert, séance tenante. J'irai alternativement de vous à lui, pour vous présenter, à l'un et à l'autre, vos raisons respectives.

— Voyons, monsieur », dit la comtesse en laissant échapper un geste d'impatience.

Derville lut.

« Entre les soussignés,

« Monsieur Hyacinthe, *dit Chabert*, comte, maréchal de camp et grand-officier de la Légion d'honneur, demeurant à Paris, rue du Petit-Banquier, d'une part ;

« Et la dame Rose Chapotel, épouse de monsieur le comte Chabert, ci-dessus nommée, née…

— Passez, dit-elle, laissons les préambules, arrivons aux conditions.

— Madame, dit l'avoué, le préambule explique succinctement la position dans laquelle vous vous trouvez l'un et l'autre. Puis, par l'article premier, vous reconnaissez, en présence de trois témoins, qui sont deux notaires et le nourrisseur chez lequel a demeuré votre mari, auxquels j'ai confié sous le secret votre affaire, et qui garderont le plus profond silence ; vous reconnaissez, dis-je, que l'individu désigné dans les actes joints au sous-seing[1], mais dont l'état se trouve d'ailleurs établi par un acte de notoriété[2] préparé chez Alexandre Crottat, votre notaire, est le comte Chabert, votre premier époux. Par l'article second, le comte Chabert, dans l'intérêt de votre bonheur, s'engage à ne faire usage de ses droits que dans les cas prévus par l'acte lui-même. Et ces cas, dit Derville en faisant une sorte de parenthèse, ne sont autres que la non-exécution des clauses de cette convention secrète. De son côté, reprit-il, M. Chabert consent à

---

1. *Sous-seing* : « acte fait entre particuliers, sans intervention d'un officier public » (Littré).
\ **2.** *Acte de notoriété* : « acte fait devant notaires, où des témoins suppléent à des preuves par écrit » (Littré).

poursuivre de gré à gré avec vous un jugement qui annulera son acte de décès et prononcera la dissolution de son mariage.

— Ça ne me convient pas du tout, dit la comtesse étonnée, je ne veux pas de procès. Vous savez pourquoi.

— Par l'article trois, dit l'avoué en continuant avec un flegme imperturbable, vous vous engagez à constituer au nom d'Hyacinthe, comte Chabert, une rente viagère de vingt-quatre mille francs, inscrite sur le grand-livre de la dette publique, mais dont le capital vous sera dévolu à sa mort...

— Mais c'est beaucoup trop cher, dit la comtesse.

— Pouvez-vous transiger à meilleur marché ?

— Peut-être.

— Que voulez-vous donc, madame ?

— Je veux, je ne veux pas de procès, je veux...

— Qu'il reste mort, dit vivement Derville en l'interrompant.

— Monsieur, dit la comtesse, s'il faut vingt-quatre mille livres de rente, nous plaiderons...

— Oui, nous plaiderons, s'écria d'une voix sourde le colonel qui ouvrit la porte et apparut tout à coup devant sa femme, en tenant une main dans son gilet et l'autre étendue vers le parquet, geste auquel le souvenir de son aventure donnait une horrible énergie.

— C'est lui, se dit en elle-même la comtesse.

— Trop cher ! reprit le vieux soldat. Je vous ai donné près d'un million, et vous marchandez mon malheur. Hé bien, je vous veux maintenant vous et votre fortune. Nous sommes communs en biens, notre mariage n'a pas cessé...

— Mais monsieur n'est pas le colonel Chabert, s'écria la comtesse en feignant la surprise.

— Ah ! dit le vieillard d'un ton profondément ironique, voulez-vous des preuves ? Je vous ai prise au Palais-Royal[1]... »

---

1. *Palais-Royal* : dès le XVIIIe siècle, ce quartier est un haut lieu de la prostitution parisienne.

La comtesse pâlit. En la voyant pâlir sous son rouge, le vieux soldat, touché de la vive souffrance qu'il imposait à une femme jadis aimée avec ardeur, s'arrêta ; mais il en reçut un regard si venimeux qu'il reprit tout à coup : « Vous étiez chez la...[1]

— De grâce, monsieur, dit la comtesse à l'avoué, trouvez bon que je quitte la place. Je ne suis pas venue ici pour entendre de semblables horreurs. »

Elle se leva et sortit. Derville s'élança dans l'étude. La comtesse avait trouvé des ailes et s'était comme envolée. En revenant dans son cabinet, l'avoué trouva le colonel dans un violent accès de rage, et se promenant à grands pas.

« Dans ce temps-là chacun prenait sa femme où il voulait, disait-il ; mais j'ai eu tort de la mal choisir, de me fier à des apparences. Elle n'a pas de cœur.

— Eh bien, colonel, n'avais-je pas raison en vous priant de ne pas venir ? Je suis maintenant certain de votre identité. Quand vous vous êtes montré, la comtesse a fait un mouvement dont la pensée n'était pas équivoque. Mais vous avez perdu votre procès, votre femme sait que vous êtes méconnaissable !

— Je la tuerai...

— Folie ! vous serez pris et guillotiné comme un misérable. D'ailleurs peut-être manquerez-vous votre coup ! ce serait impardonnable, on ne doit jamais manquer sa femme quand on veut la tuer. Laissez-moi réparer vos sottises, grand enfant ! Allez-vous-en. Prenez garde à vous, elle serait capable de vous faire tomber dans quelque piège et de vous enfermer à Charenton. Je vais lui signifier nos actes afin de vous garantir de toute surprise. »

Le pauvre colonel obéit à son jeune bienfaiteur, et sortit en lui balbutiant des excuses. Il descendait lentement les marches de l'escalier noir, perdu dans des sombres pensées, accablé

---

[1]. *Vous étiez chez la...* : Chabert fait allusion à une maison close.

peut-être par le coup qu'il venait de recevoir, pour lui le plus cruel, le plus profondément enfoncé dans son cœur, lorsqu'il entendit, en parvenant au dernier palier, le frôlement d'une robe, et sa femme apparut.

« Venez, monsieur », lui dit-elle en lui prenant le bras par un mouvement semblable à ceux qui lui étaient familiers autrefois.

L'action de la comtesse, l'accent de sa voix redevenue gracieuse, suffirent pour calmer la colère du colonel, qui se laissa mener jusqu'à la voiture.

« Eh bien, montez donc ! » lui dit la comtesse quand le valet eut achevé de déplier le marchepied.

Et il se trouva, comme par enchantement, assis près de sa femme dans le coupé.

« Où va madame ? demanda le valet.

— À Groslay[1] », dit-elle.

Les chevaux partirent et traversèrent tout Paris.

« Monsieur ! » dit la comtesse au colonel d'un son de voix qui révélait une de ces émotions rares dans la vie, et par lesquelles tout en nous est agité.

En ces moments, cœur, fibres, nerfs, physionomie, âme et corps, tout, chaque pore même tressaille. La vie semble ne plus être en nous ; et elle en sort et jaillit, elle se communique comme une contagion, se transmet par le regard, par l'accent de la voix, par le geste, en imposant notre vouloir aux autres. Le vieux soldat tressaillit en entendant ce seul mot, ce premier, ce terrible : « Monsieur ! » Mais aussi était-ce tout à la fois un reproche, une prière, un pardon, une espérance, un désespoir, une interrogation, une réponse. Ce mot comprenait tout. Il fallait être comédienne pour jeter tant d'éloquence, tant de sentiments dans un mot. Le vrai n'est pas si complet dans son expression, il ne met pas tout en dehors, il laisse voir tout ce

---

[1]. *Groslay* : village du Val d'Oise, au nord de Paris.

qui est au dedans. Le colonel eut mille remords de ses soupçons, de ses demandes, de sa colère, et baissa les yeux pour ne pas laisser deviner son trouble.

« Monsieur, reprit la comtesse après une pause imperceptible, je vous ai bien reconnu !

— Rosine, dit le vieux soldat, ce mot contient le seul baume qui pût me faire oublier mes malheurs. »

Deux grosses larmes roulèrent toutes chaudes sur les mains de sa femme, qu'il pressa pour exprimer une tendresse paternelle.

« Monsieur, reprit-elle, comment n'avez-vous pas deviné qu'il me coûtait horriblement de paraître devant un étranger dans une position aussi fausse que l'est la mienne ! Si j'ai à rougir de ma situation, que ce ne soit au moins qu'en famille. Ce secret ne devait-il pas rester enseveli dans nos cœurs ? Vous m'absoudrez[1], j'espère, de mon indifférence apparente pour les malheurs d'un Chabert à l'existence duquel je ne devais pas croire. J'ai reçu vos lettres, dit-elle vivement, en lisant sur les traits de son mari l'objection qui s'y exprimait, mais elles me parvinrent treize mois après la bataille d'Eylau ; elles étaient ouvertes, salies, l'écriture en était méconnaissable, et j'ai dû croire, après avoir obtenu la signature de Napoléon sur mon nouveau contrat de mariage, qu'un adroit intrigant voulait se jouer de moi. Pour ne pas troubler le repos de M. le comte Ferraud, et ne pas altérer les liens de la famille, j'ai donc dû prendre des précautions contre un faux Chabert. N'avais-je pas raison, dites ?

— Oui, tu as eu raison, c'est moi qui suis un sot, un animal, une bête, de n'avoir pas su mieux calculer les conséquences d'une situation semblable. Mais où allons-nous ? dit le colonel en se voyant à la barrière de la Chapelle[2].

---

1. *Vous m'absoudrez* : vous me pardonnerez. \ **2.** *La barrière de la Chapelle* : limite nord de Paris.

— À ma campagne, près de Groslay, dans la vallée de Montmorency. Là, monsieur, nous réfléchirons ensemble au parti que nous devons prendre. Je connais mes devoirs. Si je suis à vous en droit, je ne vous appartiens plus en fait. Pouvez-vous désirer que nous devenions la fable de tout Paris ? N'instruisons pas le public de cette situation qui pour moi présente un côté ridicule, et sachons garder notre dignité. Vous m'aimez encore, reprit-elle en jetant sur le colonel un regard triste et doux ; mais moi, n'ai-je pas été autorisée à former d'autres liens ? En cette singulière position, une voix secrète me dit d'espérer en votre bonté qui m'est si connue. Aurais-je donc tort en vous prenant pour seul et unique arbitre de mon sort ? Soyez juge et partie. Je me confie à la noblesse de votre caractère. Vous aurez la générosité de me pardonner les résultats de fautes innocentes. Je vous l'avouerai donc, j'aime M. Ferraud. Je me suis crue en droit de l'aimer. Je ne rougis pas de cet aveu devant vous ; s'il vous offense, il ne nous déshonore point. Je ne puis vous cacher les faits. Quand le hasard m'a laissée veuve, je n'étais pas mère. »

Le colonel fit un signe de main à sa femme, pour lui imposer silence, et ils restèrent sans proférer un seul mot pendant une demi-lieue[1]. Chabert croyait voir les deux petits enfants devant lui.

« Rosine !

— Monsieur ?

— Les morts ont donc bien tort de revenir ?

— Oh ! monsieur, non, non ! Ne me croyez pas ingrate. Seulement, vous trouvez une amante, une mère, là où vous aviez laissé une épouse. S'il n'est plus en mon pouvoir de vous aimer, je sais tout ce que je vous dois et puis vous offrir encore toutes les affections d'une fille.

---

1. *Une demi-lieue* : environ deux kilomètres.

— Rosine, reprit le vieillard d'une voix douce, je n'ai plus aucun ressentiment contre toi. Nous oublierons tout, ajouta-t-il avec un de ces sourires dont la grâce est toujours le reflet d'une belle âme. Je ne suis pas assez peu délicat pour exiger les semblants de l'amour chez une femme qui n'aime plus. »

La comtesse lui lança un regard empreint d'une telle reconnaissance, que le pauvre Chabert aurait voulu rentrer dans sa fosse d'Eylau. Certains hommes ont une âme assez forte pour de tels dévouements, dont la récompense se trouve pour eux dans la certitude d'avoir fait le bonheur d'une personne aimée.

« Mon ami, nous parlerons de tout ceci plus tard et à cœur reposé », dit la comtesse.

La conversation prit un autre cours, car il était impossible de la continuer longtemps sur ce sujet. Quoique les deux époux revinssent souvent à leur situation bizarre, soit par des allusions, soit sérieusement, ils firent un charmant voyage, se rappelant les événements de leur union passée et les choses de l'Empire. La comtesse sut imprimer un charme doux à ces souvenirs, et répandit dans la conversation une teinte de mélancolie nécessaire pour y maintenir la gravité. Elle faisait revivre l'amour sans exciter aucun désir, et laissait entrevoir à son premier époux toutes les richesses morales qu'elle avait acquises, en tâchant de l'accoutumer à l'idée de restreindre son bonheur aux seules jouissances que goûte un père près d'une fille chérie. Le colonel avait connu la comtesse de l'Empire, il revoyait une comtesse de la Restauration. Enfin les deux époux arrivèrent par un chemin de traverse à un grand parc situé dans la petite vallée qui sépare les hauteurs de Margency du joli village de Groslay. La comtesse possédait là une délicieuse maison où le colonel vit, en arrivant, tous les apprêts que nécessitaient son séjour et celui de sa femme. Le malheur est une espèce de talisman dont la vertu consiste à corroborer notre constitution primitive : il augmente la défiance et la méchanceté chez certains hommes, comme il accroît la bonté de ceux qui ont un cœur excellent. L'infortune avait rendu le colonel encore plus secourable et meilleur qu'il ne l'avait été, il pouvait donc s'initier au secret des souffrances féminines qui sont inconnues à la plupart des hommes. Néanmoins, malgré son peu de défiance, il ne put s'empêcher de dire à sa femme : « Vous étiez donc bien sûre de m'emmener ici ?

— Oui, répondit-elle, si je trouvais le colonel Chabert dans le plaideur. »

L'air de vérité qu'elle sut mettre dans cette réponse dissipa les légers soupçons que le colonel eut honte d'avoir conçus. Pendant trois jours la comtesse fut admirable près de son premier mari. Par de tendres soins et par sa constante douceur elle semblait vouloir effacer le souvenir des souffrances qu'il avait endurées, se faire pardonner les malheurs que, suivant ses aveux, elle avait innocemment causés ; elle se plaisait à déployer pour lui, tout en lui faisant apercevoir une sorte de mélancolie, les charmes auxquels elle le savait faible ; car nous sommes plus particulièrement accessibles à certaines façons, à des grâces de cœur ou d'esprit auxquelles nous ne résistons pas ; elle voulait l'intéresser à sa situation, et l'attendrir assez pour s'emparer de son esprit et disposer souverainement de lui. Décidée à tout pour arriver à ses fins, elle ne savait pas encore ce qu'elle devait faire de cet homme, mais certes elle voulait l'anéantir socialement. Le soir du troisième jour elle sentit que, malgré ses efforts, elle ne pouvait cacher les inquiétudes que lui causait le résultat de ses manœuvres. Pour se trouver un moment à l'aise, elle monta chez elle, s'assit à son secrétaire, déposa le masque de tranquillité qu'elle conservait devant le comte Chabert, comme une actrice qui, rentrant fatiguée dans sa loge après un cinquième acte pénible, tombe demi-morte et laisse dans la salle une image d'elle-même à laquelle elle ne ressemble plus. Elle se mit à finir une lettre commencée qu'elle écrivait à

Delbecq, à qui elle disait d'aller, en son nom, demander chez Derville communication des actes qui concernaient le colonel Chabert, de les copier et de venir aussitôt la trouver à Groslay. À peine avait-elle achevé, qu'elle entendit dans le corridor le bruit des pas du colonel, qui, tout inquiet, venait la retrouver.

« Hélas ! dit-elle à haute voix, je voudrais être morte ! Ma situation est intolérable...

— Eh bien, qu'avez-vous donc ? demanda le bonhomme.

— Rien, rien », dit-elle.

Elle se leva, laissa le colonel et descendit pour parler sans témoin à sa femme de chambre, qu'elle fit partir pour Paris, en lui recommandant de remettre elle-même à Delbecq la lettre qu'elle venait d'écrire, et de la lui rapporter aussitôt qu'il l'aurait lue. Puis la comtesse alla s'asseoir sur un banc où elle était assez en vue pour que le colonel vînt l'y trouver aussitôt qu'il le voudrait. Le colonel, qui déjà cherchait sa femme, accourut et s'assit près d'elle.

« Rosine, lui dit-il, qu'avez-vous ? »

Elle ne répondit pas. La soirée était une de ces soirées magnifiques et calmes dont les secrètes harmonies répandent, au mois de juin, tant de suavité dans les couchers du soleil. L'air était pur et le silence profond, en sorte que l'on pouvait entendre dans le lointain du parc les voix de quelques enfants qui ajoutaient une sorte de mélodie aux sublimités du paysage.

« Vous ne me répondez pas ? demanda le colonel à sa femme.

— Mon mari... », dit la comtesse, qui s'arrêta, fit un mouvement, et s'interrompit pour lui demander en rougissant : « Comment dirai-je en parlant de M. le comte Ferraud ?

— Nomme-le ton mari, ma pauvre enfant, répondit le colonel avec un accent de bonté, n'est-ce pas le père de tes enfants ?

— Eh bien, reprit-elle, si monsieur me demande ce que je suis venue faire ici, s'il apprend que je m'y suis enfermée avec un inconnu, que lui dirai-je ? Écoutez, monsieur, reprit-elle en prenant une attitude pleine de dignité, décidez de mon sort, je suis résignée à tout...

— Ma chère, dit le colonel en s'emparant des mains de sa femme, j'ai résolu de me sacrifier entièrement à votre bonheur...

— Cela est impossible, s'écria-t-elle en laissant échapper un mouvement convulsif. Songez donc que vous devriez alors renoncer à vous-même et d'une manière authentique...

— Comment, dit le colonel, ma parole ne vous suffit pas ? »

Le mot *authentique* tomba sur le cœur du vieillard et y réveilla des défiances involontaires. Il jeta sur sa femme un regard qui la fit rougir, elle baissa les yeux, et il eut peur de se trouver obligé de la mépriser. La comtesse craignait d'avoir effarouché la sauvage pudeur, la probité sévère d'un homme dont le caractère généreux, les vertus primitives lui étaient connus. Quoique ces idées eussent répandu quelques nuages sur leurs fronts, la bonne harmonie se rétablit aussitôt entre eux. Voici comment. Un cri d'enfant retentit au loin.

« Jules, laissez votre sœur tranquille, s'écria la comtesse.

— Quoi ! vos enfants sont ici ? dit le colonel.

— Oui, mais je leur ai défendu de vous importuner. »

Le vieux soldat comprit la délicatesse, le tact de femme renfermé dans ce procédé si gracieux, et prit la main de la comtesse pour la baiser.

« Qu'ils viennent donc », dit-il.

La petite fille accourait pour se plaindre de son frère.

« Maman !

— Maman !

— C'est lui qui...

— C'est elle... »

Les mains étaient étendues vers la mère, et les deux voix enfantines se mêlaient. Ce fut un tableau soudain et délicieux !

« Pauvres enfants ! s'écria la comtesse en ne retenant plus ses larmes, il faudra les quitter ; à qui le jugement les donnera-t-il ? On ne partage pas un cœur de mère, je les veux, moi !

— Est-ce vous qui faites pleurer maman ? dit Jules en jetant un regard de colère au colonel.

— Taisez-vous, Jules », s'écria la mère d'un air impérieux.

Les deux enfants restèrent debout et silencieux, examinant leur mère et l'étranger avec une curiosité qu'il est impossible d'exprimer par des paroles.

« Oh ! oui, reprit-elle, si l'on me sépare du comte, qu'on me laisse les enfants, et je serai soumise à tout... »

Ce fut un mot décisif qui obtint tout le succès qu'elle en avait espéré.

« Oui, s'écria le colonel comme s'il achevait une phrase mentalement commencée, je dois rentrer sous terre. Je me le suis déjà dit.

— Puis-je accepter un tel sacrifice ? répondit la comtesse. Si quelques hommes sont morts pour sauver l'honneur de leur maîtresse, ils n'ont donné leur vie qu'une fois. Mais ici vous donneriez votre vie tous les jours ! Non, non, cela est impossible. S'il ne s'agissait que de votre existence, ce ne serait rien ; mais signer que vous n'êtes pas le colonel Chabert, reconnaître que vous êtes un imposteur, donner votre honneur, commettre un mensonge à toute heure du jour, le dévouement humain ne saurait aller jusque-là. Songez donc ! Non. Sans mes pauvres enfants, je me serais déjà enfuie avec vous au bout du monde...

— Mais, reprit Chabert, est-ce que je ne puis pas vivre ici, dans votre petit pavillon, comme un de vos parents ? Je suis usé comme un canon de rebut, il ne me faut qu'un peu de tabac et *Le Constitutionnel*[1]. »

---

[1]. *Le Constitutionnel* : sous la Restauration, ce journal représentait l'opinion des bonapartistes. Mais il avait cessé de paraître entre juillet 1817 et mai 1819. Balzac n'y a pas pris garde en modifiant les dates du roman.

La comtesse fondit en larmes. Il y eut entre la comtesse Ferraud et le colonel Chabert un combat de générosité d'où le soldat sortit vainqueur. Un soir, en voyant cette mère au milieu de ses enfants, le soldat fut séduit par les touchantes grâces d'un tableau de famille, à la campagne, dans l'ombre et le silence ; il prit la résolution de rester mort, et, ne s'effrayant plus de l'authenticité d'un acte, il demanda comment il fallait s'y prendre pour assurer irrévocablement le bonheur de cette famille.

« Faites comme vous voudrez ! lui répondit la comtesse, je vous déclare que je ne me mêlerai en rien de cette affaire. Je ne le dois pas. »

Delbecq était arrivé depuis quelques jours, et, suivant les instructions verbales de la comtesse, l'intendant avait su gagner la confiance du vieux militaire. Le lendemain matin donc, le colonel Chabert partit avec l'ancien avoué pour Saint-Leu-Taverny[1], où Delbecq avait fait préparer chez le notaire un acte conçu en termes si crus que le colonel sortit brusquement de l'étude après en avoir entendu la lecture.

« Mille tonnerres ! je serais un joli coco ! Mais je passerais pour un faussaire, s'écria-t-il.

— Monsieur, lui dit Delbecq, je ne vous conseille pas de signer trop vite. À votre place je tirerais au moins trente mille livres de rente de ce procès-là, car madame les donnerait. »

Après avoir foudroyé ce coquin émérite par le lumineux regard de l'honnête homme indigné, le colonel s'enfuit emporté par mille sentiments contraires. Il redevint défiant, s'indigna, se calma tour à tour. Enfin il entra dans le parc de Groslay par la brèche d'un mur, et vint à pas lents se reposer et réfléchir à son aise dans un cabinet pratiqué sous un kiosque d'où l'on découvrait le chemin de Saint-Leu. L'allée étant sablée

---

1. *Saint-Leu-Taverny* : à 10 km de Groslay.

avec cette espèce de terre jaunâtre par laquelle on remplace le gravier de rivière, la comtesse, qui était assise dans le petit salon de cette espèce de pavillon, n'entendit pas le colonel, car elle était trop préoccupée du succès de son affaire pour prêter la moindre attention au léger bruit que fit son mari. Le vieux soldat n'aperçut pas non plus sa femme au-dessus de lui dans le petit pavillon.

« Hé bien, monsieur Delbecq, a-t-il signé ? demanda la comtesse à son intendant qu'elle vit seul sur le chemin par-dessus la haie d'un saut-de-loup[1].

— Non, madame. Je ne sais même pas ce que notre homme est devenu. Le vieux cheval s'est cabré.

— Il faudra donc finir par le mettre à Charenton, dit-elle, puisque nous le tenons. »

Le colonel, qui retrouva l'élasticité de la jeunesse pour franchir le saut-de-loup, fut en un clin d'œil devant l'intendant, auquel il appliqua la plus belle paire de soufflets qui jamais ait été reçue sur deux joues de procureur.

« Ajoute que les vieux chevaux savent ruer », lui dit-il.

Cette colère dissipée, le colonel ne se sentit plus la force de sauter le fossé. La vérité s'était montrée dans sa nudité. Le mot de la comtesse et la réponse de Delbecq avaient dévoilé le complot dont il allait être la victime. Les soins qui lui avaient été prodigués étaient une amorce pour le prendre dans un piège. Ce mot fut comme une goutte de quelque poison subtil qui détermina chez le vieux soldat le retour de ses douleurs et physiques et morales. Il revint vers le kiosque par la porte du parc, en marchant lentement, comme un homme affaissé. Donc, ni paix ni trêve pour lui ! Dès ce moment il fallait commencer avec cette femme la guerre odieuse dont lui avait parlé Derville, entrer dans une vie de procès, se nourrir de fiel,

---

[1]. *Saut-de-loup* : fossé qui servait de clôture.

boire chaque matin un calice d'amertume. Puis, pensée affreuse, où trouver l'argent nécessaire pour payer les frais des premières instances ? Il lui prit un si grand dégoût de la vie, que s'il y avait eu de l'eau près de lui il s'y serait jeté, que s'il avait eu des pistolets il se serait brûlé la cervelle. Puis il retomba dans l'incertitude d'idées qui, depuis sa conversation avec Derville chez le nourrisseur, avait changé son moral. Enfin, arrivé devant le kiosque, il monta dans le cabinet aérien dont les rosaces de verre offraient la vue de chacune des ravissantes perspectives de la vallée, et où il trouva sa femme assise sur une chaise. La comtesse examinait le paysage et gardait une contenance pleine de calme en montrant cette impénétrable physionomie que savent prendre les femmes déterminées à tout. Elle s'essuya les yeux comme si elle eût versé des pleurs, et joua par un geste distrait avec le long ruban rose de sa ceinture. Néanmoins, malgré son assurance apparente, elle ne put s'empêcher de frissonner en voyant devant elle son vénérable bienfaiteur, debout, les bras croisés, la figure pâle, le front sévère.

« Madame, dit-il après l'avoir regardée fixement pendant un moment et l'avoir forcée à rougir, madame, je ne vous maudis pas, je vous méprise. Maintenant, je remercie le hasard qui nous a désunis. Je ne sens même pas un désir de vengeance, je ne vous aime plus. Je ne veux rien de vous. Vivez tranquille sur la foi de ma parole, elle vaut mieux que les griffonnages de tous les notaires de Paris. Je ne réclamerai jamais le nom que j'ai peut-être illustré. Je ne suis plus qu'un pauvre diable nommé Hyacinthe, qui ne demande que sa place au soleil. Adieu... »

La comtesse se jeta aux pieds du colonel, et voulut le retenir en lui prenant les mains ; mais il la repoussa avec dégoût, en lui disant : « Ne me touchez pas. »

La comtesse fit un geste intraduisible lorsqu'elle entendit le bruit des pas de son mari. Puis, avec la profonde perspicacité que donne une haute scélératesse ou le féroce égoïsme du monde, elle crut pouvoir vivre en paix sur la promesse et le mépris de ce loyal soldat.

Chabert disparut en effet. Le nourrisseur fit faillite et devint cocher de cabriolet. Peut-être le colonel s'adonna-t-il d'abord à quelque industrie du même genre. Peut-être, semblable à une pierre lancée dans un gouffre, alla-t-il, de cascade en cascade, s'abîmer dans cette boue de haillons qui foisonne à travers les rues de Paris.

Six[1] mois après cet événement, Derville, qui n'entendait plus parler ni du colonel Chabert ni de la comtesse Ferraud, pensa qu'il était survenu sans doute entre eux une transaction, que, par vengeance, la comtesse avait fait dresser dans une autre étude. Alors, un matin, il supputa les sommes avancées audit Chabert, y ajouta les frais, et pria la comtesse Ferraud de réclamer à M. le comte Chabert le montant de ce mémoire, en présumant qu'elle savait où se trouvait son premier mari.

Le lendemain même, l'intendant du comte Ferraud, récemment nommé président du tribunal de première instance dans une ville importante, écrivit à Derville ce mot désolant :

« Monsieur,
« Mme la comtesse Ferraud me charge de vous prévenir que votre client avait complètement abusé de votre confiance, et que l'individu qui disait être le comte Chabert a reconnu avoir indûment pris de fausses qualités.
« Agréez, etc.
« DELBECQ. »

« On rencontre des gens qui sont aussi, ma parole d'honneur, par trop bêtes. Ils ont volé le baptême, s'écria Derville. Soyez

---

1. Ici commençait dans certaines éditions une troisième partie, intitulée « L'Hospice de la vieillesse ».

donc humain, généreux, philanthrope et avoué, vous vous faites enfoncer ! Voilà une affaire qui me coûte plus de deux billets de mille francs. »

Quelque temps après la réception de cette lettre, Derville cherchait au Palais un avocat auquel il voulait parler, et qui plaidait à la Police correctionnelle. Le hasard voulut que Derville entrât à la Sixième Chambre au moment où le président condamnait comme vagabond le nommé Hyacinthe à deux mois de prison, et ordonnait qu'il fût ensuite conduit au dépôt de mendicité[1] de Saint-Denis, sentence qui, d'après la jurisprudence des préfets de police, équivaut à une détention perpétuelle. Au nom d'Hyacinthe, Derville regarda le délinquant assis entre deux gendarmes sur le banc des prévenus, et reconnut, dans la personne du condamné, son faux colonel Chabert. Le vieux soldat était calme, immobile, presque distrait. Malgré ses haillons, malgré la misère empreinte sur sa physionomie, elle déposait[2] d'une noble fierté. Son regard avait une expression de stoïcisme[3] qu'un magistrat n'aurait pas dû méconnaître ; mais, dès qu'un homme tombe entre les mains de la justice, il n'est plus qu'un être moral, une question de Droit ou de Fait, comme aux yeux des statisticiens il devient un chiffre. Quand le soldat fut reconduit au Greffe pour être emmené plus tard avec la fournée de vagabonds que l'on jugeait en ce moment, Derville usa du droit qu'ont les avoués d'entrer partout au Palais, l'accompagna au Greffe et l'y contempla pendant quelques instants, ainsi que les curieux mendiants parmi lesquels il se trouvait. L'antichambre du Greffe offrait alors un de ces spectacles que malheureusement ni les législateurs, ni les philanthropes, ni les peintres, ni les écrivains ne viennent étudier. Comme tous les laboratoires de

---

1. *Dépôt de mendicité* : institués au XVIIIe siècle, les dépôts de mendicité rassemblaient les individus surpris à mendier, les vieillards, les infirmes. Les valides étaient contraints de travailler. \ **2.** *Déposait* : témoignait. \ **3.** *Stoïcisme* : ici, douleur maîtrisée.

la chicane, cette antichambre est une pièce obscure et puante, dont les murs sont garnis d'une banquette en bois noirci par le séjour perpétuel des malheureux qui viennent à ce rendez-vous de toutes les misères sociales, et auquel pas un d'eux ne manque. Un poète dirait que le jour a honte d'éclairer ce terrible égout par lequel passent tant d'infortunes ! Il n'est pas une seule place où ne se soit assis quelque crime en germe ou consommé ; pas un seul endroit où ne se soit rencontré quelque homme qui, désespéré par la légère flétrissure que la justice avait imprimée à sa première faute, n'ait commencé une existence au bout de laquelle devait se dresser la guillotine, ou détoner le pistolet du suicide. Tous ceux qui tombent sur le pavé de Paris rebondissent contre ces murailles jaunâtres, sur lesquelles un philanthrope qui ne serait pas un spéculateur pourrait déchiffrer la justification des nombreux suicides dont se plaignent des écrivains hypocrites[1], incapables de faire un pas pour les prévenir, et qui se trouve écrite dans cette antichambre, espèce de préface pour les drames de la Morgue ou pour ceux de la place de Grève[2]. En ce moment le colonel Chabert s'assit au milieu de ces hommes à faces énergiques, vêtus des horribles livrées de la misère, silencieux par intervalles, ou causant à voix basse, car trois gendarmes de faction se promenaient en faisant retentir leurs sabres sur le plancher.

« Me reconnaissez-vous ? dit Derville au vieux soldat en se plaçant devant lui.

— Oui, monsieur, répondit Chabert en se levant.

— Si vous êtes un honnête homme, reprit Derville à voix basse, comment avez-vous pu rester mon débiteur ? »

---

1. *Des écrivains hypocrites* : probable allusion, selon Pierre Citron, au journaliste et romancier Théodore Muret qui avait écrit un article venimeux contre Balzac, ainsi qu'un roman contre le suicide. \ 2. *Place de Grève* : ancien nom de la place de l'Hôtel de ville, où avaient lieu les exécutions publiques.

Le vieux soldat rougit comme aurait pu le faire une jeune fille accusée par sa mère d'un amour clandestin.

« Quoi ! Mme Ferraud ne vous a pas payé ? s'écria-t-il à haute voix.

— Payé ! dit Derville. Elle m'a écrit que vous étiez un intrigant. »

Le colonel leva les yeux par un sublime mouvement d'horreur et d'imprécation, comme pour en appeler au ciel de cette tromperie nouvelle.

« Monsieur, dit-il d'une voix calme à force d'altération, obtenez des gendarmes la faveur de me laisser entrer au Greffe, je vais vous signer un mandat qui sera certainement acquitté. »

Sur un mot dit par Derville au brigadier, il lui fut permis d'emmener son client dans le Greffe, où Hyacinthe écrivit quelques lignes adressées à la comtesse Ferraud.

« Envoyez cela chez elle, dit le soldat, et vous serez remboursé de vos frais et de vos avances. Croyez, monsieur, que si je ne vous ai pas témoigné la reconnaissance que je vous dois pour vos bons offices, elle n'en est pas moins là, dit-il en se mettant la main sur le cœur. Oui, elle est là, pleine et entière. Mais que peuvent les malheureux ? Ils aiment, voilà tout.

— Comment, lui dit Derville, n'avez-vous pas stipulé pour vous quelque rente ?

— Ne me parlez pas de cela ! répondit le vieux militaire. Vous ne pouvez pas savoir jusqu'où va mon mépris pour cette vie extérieure à laquelle tiennent la plupart des hommes. J'ai subitement été pris d'une maladie, le dégoût de l'humanité. Quand je pense que Napoléon est à Sainte-Hélène, tout ici-bas m'est indifférent. Je ne puis plus être soldat, voilà tout mon malheur. Enfin, ajouta-t-il en faisant un geste plein d'enfantillage, il vaut mieux avoir du luxe dans ses sentiments que sur ses habits. Je ne crains, moi, le mépris de personne. »

Et le colonel alla se remettre sur son banc. Derville sortit. Quand il revint à son étude, il envoya Godeschal, alors son second clerc, chez la comtesse Ferraud, qui, à la lecture du billet, fit immédiatement payer la somme due à l'avoué du comte Chabert.

En 1840, vers la fin du mois de juin, Godeschal, alors avoué, allait à Ris[1], en compagnie de Derville son prédécesseur. Lorsqu'ils parvinrent à l'avenue qui conduit de la grande route à Bicêtre[2], ils aperçurent sous un des ormes du chemin un de ces vieux pauvres chenus et cassés qui ont obtenu le bâton de maréchal des mendiants en vivant à Bicêtre comme les femmes indigentes vivent à la Salpêtrière. Cet homme, l'un des deux mille malheureux logés dans l'*Hospice de la Vieillesse*, était assis sur une borne et paraissait concentrer toute son intelligence dans une opération bien connue des invalides, et qui consiste à faire sécher au soleil le tabac de leurs mouchoirs, pour éviter de les blanchir, peut-être. Ce vieillard avait une physionomie attachante. Il était vêtu de cette robe de drap rougeâtre que l'Hospice accorde à ses hôtes, espèce de livrée horrible.

« Tenez, Derville, dit Godeschal à son compagnon de voyage, voyez donc ce vieux. Ne ressemble-t-il pas à ces grotesques qui nous viennent d'Allemagne[3] ? Et cela vit, et cela est heureux peut-être ! »

Derville prit son lorgnon, regarda le pauvre, laissa échapper un mouvement de surprise et dit : « Ce vieux-là, mon cher, est tout un poème, ou, comme disent les romantiques, un drame. As-tu rencontré quelquefois la comtesse Ferraud ?

— Oui, c'est une femme d'esprit et très agréable ; mais un peu trop dévote, dit Godeschal.

---

1. *Ris* : près de Corbeil, au sud de Paris. \ **2.** *Bicêtre* : lieu proche de Paris, où était établi un important asile d'aliénés. \ **3.** *Ces grotesques {...} d'Allemagne* : sans doute une allusion aux personnages fantastiques des contes d'Hoffmann (1776-1822).

— Ce vieux bicêtrien[1] est son mari légitime, le comte Chabert, l'ancien colonel, elle l'aura sans doute fait placer là. S'il est dans cet hospice au lieu d'habiter un hôtel, c'est uniquement pour avoir rappelé à la jolie comtesse Ferraud qu'il l'avait prise, comme un fiacre, sur la place. Je me souviens encore du regard de tigre qu'elle lui jeta dans ce moment-là. »

Ce début ayant excité la curiosité de Godeschal, Derville lui raconta l'histoire qui précède. Deux jours après, le lundi matin, en revenant à Paris, les deux amis jetèrent un coup d'œil sur Bicêtre, et Derville proposa d'aller voir le colonel Chabert. À moitié chemin de l'avenue, les deux amis trouvèrent assis sur la souche d'un arbre abattu le vieillard qui tenait à la main un bâton et s'amusait à tracer des raies sur le sable. En le regardant attentivement, ils s'aperçurent qu'il venait de déjeuner autre part qu'à l'établissement[2].

« Bonjour, colonel Chabert, lui dit Derville.

— Pas Chabert! pas Chabert! je me nomme Hyacinthe, répondit le vieillard. Je ne suis plus un homme, je suis le numéro 164, septième salle », ajouta-t-il en regardant Derville avec une anxiété peureuse, avec une crainte de vieillard et d'enfant. « Vous allez voir le condamné à mort? dit-il après un moment de silence. Il n'est pas marié, lui! Il est bien heureux.

— Pauvre homme, dit Godeschal. Voulez-vous de l'argent pour acheter du tabac? »

Avec toute la naïveté d'un gamin de Paris, le colonel tendit avidement la main à chacun des deux inconnus, qui lui donnèrent une pièce de vingt francs; il les remercia par un regard stupide, en disant : « Braves troupiers! » Il se mit au port d'armes, feignit de les coucher en joue, et s'écria en souriant : « Feu des

---

1. *Bicêtrien* : fou. \ **2.** *Autre part qu'à l'établissement* : probablement est-il ivre. C'est la même allusion dans l'expression « il a fait le lundi ».

deux pièces! vive Napoléon!» Et il décrivit en l'air avec sa canne une arabesque imaginaire.

«Le genre de sa blessure l'aura fait tomber en enfance, dit Derville.

— Lui en enfance! s'écria un vieux bicêtrien qui les regardait. Ah! il y a des jours où il ne faut pas lui marcher sur le pied. C'est un vieux malin plein de philosophie et d'imagination. Mais aujourd'hui, que voulez-vous? il a fait le lundi. Monsieur, en 1820 il était déjà ici. Pour lors, un officier prussien, dont la calèche montait la côte de Villejuif, vint à passer à pied. Nous étions, nous deux Hyacinthe et moi, sur le bord de la route. Cet officier causait en marchant avec un autre, avec un Russe, ou quelque animal de la même espèce, lorsqu'en voyant l'ancien, le Prussien, histoire de blaguer, lui dit : "Voilà un vieux voltigeur qui devait être à Rosbach[1]. — J'étais trop jeune pour y être, lui répondit-il, mais j'ai été assez vieux pour me trouver à Iéna[2]." Pour lors le Prussien a filé, sans faire d'autres questions.

— Quelle destinée! s'écria Derville. Sorti de l'hospice des *Enfants trouvés*, il revient mourir à l'hospice de la *Vieillesse*, après avoir, dans l'intervalle, aidé Napoléon à conquérir l'Égypte et l'Europe. Savez-vous, mon cher, reprit Derville après une pause, qu'il existe dans notre société trois hommes, le Prêtre, le Médecin et l'Homme de justice, qui ne peuvent pas estimer le monde? Ils ont des robes noires, peut-être parce qu'ils portent le deuil de toutes les vertus, de toutes les illusions. Le plus malheureux des trois est l'avoué. Quant l'homme vient trouver le prêtre, il arrive poussé par le repentir, par le remords, par des croyances qui le rendent intéressant, qui le grandissent, et consolent l'âme du médiateur, dont la tâche ne va pas sans

---

[1]. *Rosbach* : victoire de Frédéric II, roi de Prusse, sur la France (1757). \ [2]. *Iéna* : victoire de Napoléon sur la Prusse (1806).

une sorte de jouissance : il purifie, il répare, et réconcilie. Mais, nous autres avoués, nous voyons se répéter les mêmes sentiments mauvais, rien ne les corrige, nos études sont des égouts qu'on ne peut pas curer. Combien de choses n'ai-je pas apprises en exerçant ma charge ! J'ai vu mourir un père dans un grenier, sans sou ni maille, abandonné par deux filles auxquelles il avait donné quarante mille livres de rente[1] ! J'ai vu brûler des testaments ; j'ai vu des mères dépouillant leurs enfants, des maris volant leurs femmes, des femmes tuant leurs maris en se servant de l'amour qu'elles leur inspiraient pour les rendre fous ou imbéciles, afin de vivre en paix avec un amant. J'ai vu des femmes donnant à l'enfant d'un premier lit des goûts qui devaient amener sa mort, afin d'enrichir l'enfant de l'amour[2]. Je ne puis vous dire tout ce que j'ai vu, car j'ai vu des crimes contre lesquels la justice est impuissante. Enfin, toutes les horreurs que les romanciers croient inventer sont toujours au-dessous de la vérité. Vous allez connaître ces jolies choses-là, vous ; moi, je vais vivre à la campagne avec ma femme, Paris me fait horreur. – J'en ai déjà bien vu chez Desroches », répondit Godeschal.

Paris, février-mars 1832[3].

---

1. *J'ai vu mourir un père {…} rente* : allusion à l'intrigue du *Père Goriot* (1834-1835). \ **2.** *J'ai vu des femmes {…} l'amour* : accumulation d'allusions à des intrigues développées dans *La Comédie humaine* (1830-1848). On reconnaît aisément Goriot dans le père mourant « dans un grenier […] abandonné par deux filles ». Les « testaments brûlés » sont des références à *Gobseck* (1830), où la comtesse de Restaud brûle le testament de son mari, à *Ursule Mirouet* (1841) et au *Cousin Pons* (1847). \ **3.** *Février-mars 1832* : date de la rédaction et de la première publication de *La Transaction* dans les quatre fascicules de *L'Artiste*.

DOSSIER

LIRE L'ŒUVRE

89 Questionnaire de lecture

Le titre
L'intrigue
Le cadre spatio-temporel
Les personnages et les milieux décrits
Un roman réaliste?

L'ŒUVRE DANS L'HISTOIRE

92 Le contexte politique et social

La Révolution et l'Empire
La Restauration

99 Le contexte culturel

Le succès du roman historique
L'influence du romantisme

101 Le contexte biographique : Balzac au temps du *Colonel Chabert*

Un jeune écrivain
La Comédie humaine
La publication du *Colonel Chabert*

105 La réception de l'œuvre

L'accueil des contemporains
Le regard de la postérité

108 Groupement de textes : la bataille de Waterloo, représentation du mythe impérial

L'ŒUVRE DANS UN GENRE

116 Rappels historiques : origines et évolution du genre romanesque

Aux origines : le Moyen Âge, l'âge classique
Quelques courants romanesques au XIXe siècle

119 *Le Colonel Chabert* dans la production romanesque du XIXe siècle

Un roman gothique?
Un roman historique?
Un roman réaliste?

123 La poétique romanesque du *Colonel Chabert*

Roman ou nouvelle?
La narration
Le traitement du personnage romanesque
Les fonctions de la description

131 Groupement de textes : l'écriture romanesque dans *Le Colonel Chabert*

VERS L'ÉPREUVE

134 L'argumentation dans *Le Colonel Chabert*

Décrire, expliquer et dénoncer la société
Un roman à thèse?

139 Groupements de textes : jugements critiques

144 Sujets

Invention et argumentation
Commentaires
Dissertations

153 BIBLIOGRAPHIE

LIRE L'ŒUVRE

QUESTIONNAIRE DE LECTURE

LE TITRE

1. Quelle est l'importance du grade militaire dans le titre ? dans le roman ? Justifiez votre réponse.

2. Balzac a hésité entre quatre titres : *La Transaction*, *La Comtesse à deux maris*, *Le Comte Chabert*, *Le Colonel Chabert*. Quelles réflexions vous inspirent les trois premiers ? Justifiez le choix final.

L'INTRIGUE

3. Par quels moyens Chabert prouve-t-il sa véritable identité ? Comment interprétez-vous ses difficultés initiales à se faire reconnaître ? Que révèlent-elles sur l'évolution de sa situation ? et sur celle de la France ?

4. Pourquoi la comtesse craint-elle que le comte Ferraud l'abandonne ? Quelle vision du personnage est ainsi donnée ?

5. Comment parvient-elle à convaincre Chabert de ne pas la poursuivre ? Quel jugement portez-vous sur elle ? Quel sens donnez-vous au revirement du héros ?

6. Du point de vue de quel personnage la narration est-elle faite le plus souvent ? Relevez des exceptions. Quel est l'effet produit ?

7. Comparez l'incipit (c'est-à-dire le début) et le dénouement du roman. Quel enseignement peut-on tirer de cette confrontation ?

LE CADRE SPATIO-TEMPOREL

8. Citez différents quartiers de Paris évoqués dans le roman et montrez qu'ils correspondent à la situation sociale des personnages.

9. À son retour dans les rues de Paris, quels détails révèlent à Chabert que le régime politique a changé ?

LIRE L'ŒUVRE

10. Comment les objets reflètent-ils les préoccupations des personnages ? Justifiez votre réponse.

■ Pour répondre
Observez par exemple le décor de l'étude ou celui du salon de la comtesse.

11. Relevez les dates du début et de la fin du roman : sous quels régimes politiques l'action se déroule-t-elle ? Ce contexte historique joue-t-il un rôle dans l'intrigue ?

12. À quelle bataille Chabert a-t-il été laissé pour mort ? Quel sentiment éprouve-t-il envers Napoléon ?

13. Pourquoi peut-on dire que la dernière image du héros est représentative de l'évolution de la société de son temps ?

■ Pour répondre
Relevez les commentaires de Derville et de son ancien employé, et comparez la destinée de Chabert avec celle des autres personnages évoqués dans cette dernière scène. Quels sont ceux qui sont restés sur le devant de la scène ? Confrontez ces observations avec ce que vous savez de l'évolution de la société française de cette époque.

LES PERSONNAGES ET LES MILIEUX DÉCRITS

14. Citez le nom de tous les employés de l'étude de maître Derville. Pourquoi Balzac développe-t-il longuement la première scène dans l'étude du notaire ?

15. Quels sont les traits de caractère dominant dans le personnage de Chabert ? Pourquoi Balzac a-t-il privilégié ces traits particuliers ?

16. Quelles informations le récit nous livre-t-il sur le passé de Chabert ? Quel rôle la Révolution a-t-elle joué dans sa vie ?

17. Peut-on dire que Chabert est un revenant ? Pourquoi ?

■ Pour répondre
Recherchez les différents sens de ce mot et demandez-vous s'ils sont exploités dans l'intrigue du roman.

18. Quelles sont les étapes de l'ascension sociale de la comtesse Ferraud ? Comparez-les avec la vie de ses deux maris. Quelle vision le roman donne-t-il de la société qu'il décrit ?

19. Le colonel Chabert et le comte Ferraud se rencontrent-ils dans le roman ? Pourquoi ?

20. Quel métier Vergniaud, l'ancien soldat qui héberge Chabert, exerce-t-il ? Quelle valeur symbolique cette profession peut-elle prendre ?

UN ROMAN RÉALISTE ?

21. Quelle place l'argent tient-il dans l'intrigue ? Qu'en déduisez-vous sur son rôle dans la société ?

22. Quelles sont les classes sociales évoquées ?

23. Dans quelle mesure ce roman annonce-t-il le mouvement réaliste ?

L'ŒUVRE DANS L'HISTOIRE

LE CONTEXTE POLITIQUE ET SOCIAL

LA RÉVOLUTION ET L'EMPIRE

Les changements politiques

La vie du Colonel Chabert recouvre une période très agitée de l'histoire de la France et de l'Europe. Il naît en 1765, alors que la France est encore sous la monarchie absolue : Louis XV, puis son petit-fils Louis XVI, à partir de 1774, sont rois de droit divin et exercent un pouvoir fortement centralisé dans une société encore plus cloisonnée que du temps de Louis XIV. Ce dernier avait en effet cherché à encourager les talents les plus divers et avait favorisé l'accès de la bourgeoisie à certaines charges, en s'entourant de ministres roturiers comme Colbert.

Au XVIIIe siècle, les plus hautes fonctions dans l'armée, le clergé et l'administration sont réservées à l'aristocratie. Celle-ci se concentre de plus en plus à Versailles et prend ses distances vis-à-vis de la société. La Révolution de 1789 est donc à la fois une révolte de la bourgeoisie désireuse de participer au gouvernement du pays, dont elle assure déjà la prospérité économique, et un soulèvement de la paysannerie pressurée d'impôts. En 1789, l'Assemblée nationale affirmera les grands principes de la démocratie, sous la forme de la *Déclaration des droits de l'homme et du citoyen* ; mais après l'exécution du roi, le 21 janvier 1793, les tentatives des monarchistes pour reprendre le pouvoir avec l'aide des puissances étrangères entraînent les dérives de 1793 : la guerre civile et la Terreur entachent la Révolution. La Convention, puis le Directoire laisseront la place à un général ambitieux, Bonaparte, qui devient premier consul, puis se fait couronner empereur le 2 décembre 1804. Il a d'abord dirigé les armées révolutionnaires pendant les campagnes d'Italie (où l'on voit Chabert pour la première fois) et d'Égypte. C'est là que se forge sa réputation et que se noue la fidélité légendaire de ses soldats : Chabert évoquera toutes les expéditions où il a suivi son général et admiré ses qualités de chef.

Les ennemis de Napoléon sont ceux que la Révolution avait mobilisés : les grandes monarchies, qui redoutent la contagion de l'esprit révolutionnaire. Il verra ainsi coalisées contre lui l'Angleterre, l'Autriche, la Prusse, la Russie, qu'il défait les unes après les autres, à l'exception de l'Angleterre. Il bat d'abord les Autrichiens et les Russes à Austerlitz (2 décembre 1805). Puis une fois la Prusse vaincue à Iéna (14 octobre 1806), Napoléon occupe tout le pays et entre à Berlin. Ensuite, il affronte la Russie, alliée des Prussiens.

La bataille d'Eylau et sa représentation dans le roman

Le nœud de l'histoire du *Colonel Chabert* se situe lors de la bataille d'Eylau, qui se déroule le 8 février 1807. Pour forcer le tsar Alexandre Ier à signer la paix, Napoléon cherche pendant six mois à l'atteindre. Le commandant en chef russe, le général Bennigsen, s'est replié en bon ordre derrière la Vistule et laisse l'armée française s'enferrer dans le piège qu'il lui a préparé, espérant la couper en deux alors qu'elle s'est étalée entre la Baltique et Varsovie.

Les éclaireurs du maréchal Ney repèrent l'armée ennemie, forte de 10 000 hommes, entièrement cantonnée dans la ville de Preussisch-Eylau, en Prusse orientale (sur le territoire de la Pologne actuelle). L'armée de Napoléon marche sur la ville, qu'elle reconquiert rue par rue en une seule journée. Le lendemain, seul le cimetière d'Eylau échappe au contrôle de l'armée française. Le maréchal Augereau est chargé par Napoléon de s'en emparer. Il le fait encercler, mais une tempête de neige empêche les soldats de se battre : subissant le feu des Russes, ils sont obligés de battre en retraite. Quand le brouillard se lève, le reste de l'armée voit le désastre. Murat, interpellé par Napoléon, rassemble les cavaliers, au nombre de 8 000, et charge. Mais Bennigsen fait donner sa garde contre celle de Napoléon. Il faudra, à la tombée de la nuit, l'arrivée à marche forcée de Ney pour sauver la situation. À l'aube du 9 février 1807, Bennigsen ordonne la retraite, laissant entre 20 000 et 25 000 morts et disparus, contre 12 000 à 18 000 du côté français, où l'on déplore également la mort de huit généraux.

Eylau est la première « semi-victoire » de l'Empire, celle qui ébranle la réputation d'invincibilité de la Grande Armée, même si quelques mois plus tard, en juin 1807, l'écrasante victoire française de Friedland permet

L'ŒUVRE DANS L'HISTOIRE

la signature du traité de Tilsit, le 7 juillet 1807. Ce traité marque la fin des hostilités entre la France et la Russie. En secret, les deux empereurs se partagent l'Europe. Le tsar rompt son alliance avec les Anglais et promet d'aider Napoléon dans son blocus continental; il garde en revanche les coudées franches pour son expansion vers la Finlande et la Suède d'une part, vers le Caucase d'autre part. Officiellement, le traité de Tilsit marque la fin de la quatrième coalition européenne contre la France.

Les pertes humaines subies à Eylau sont d'autant plus impressionnantes que l'hiver polonais et la boue formaient un paysage des plus hostiles. Mais surtout, les consciences des contemporains ont été frappées par le voisinage des combattants et des morts du cimetière, qui se mêlaient aux morts de la bataille. Le vieux proverbe « le mort saisit le vif » devenait une réalité. Deux tableaux illustreront cette bataille, l'un de Charles Meynier, en 1807, l'autre d'Antoine-Jean Gros, l'année suivante. Tous deux, suivant les codes de la peinture d'histoire, placent au centre de la composition la figure héroïque de l'Empereur à cheval, plein de compassion, des morts à ses pieds, une ville fumant au loin. Le tableau de Gros, actuellement au Louvre, avait été exposé au salon de 1808, et Balzac le connaissait probablement.

Dans le roman, c'est à Derville que Chabert raconte sa version de la bataille d'Eylau. Dans l'obscurité du bureau du notaire, selon une focalisation interne, le colonel donne un récit à la fois bouleversant et naïf de l'événement. Chabert est tombé en pleine action, après avoir rompu deux fois les lignes russes sous la conduite de Murat. Seul contre « deux vrais géants » (l. 478), vers lesquels il s'est précipité, il reçoit un coup de sabre qui lui fend le crâne. Les personnages historiques, Murat et Napoléon, jouent leur rôle : Murat en sauveur mais trop pressé, Napoléon en père attentif veillant à faire relever les blessés, comme le montrent les tableaux. Mais les ordres sont mal exécutés : Chabert n'est pas examiné et il est jeté dans la fosse aux morts. Livré à lui-même, le blessé devient une espèce de mort-vivant : les morts entassés sur lui le sauvent, l'air qu'il respire est « méphitique » (l. 530), porteur de mort et non de vie. Dans le roman de Balzac, l'évocation de la grandeur épique de la bataille laisse donc la place au réalisme macabre qui insiste sur la solitude de celui que les siens ont abandonné. Ce sont les souvenirs des bruits, du froid, des odeurs perçus par le personnage qui dynamisent le récit. Les événements qui interviennent pendant son long évanouissement, nous ne les connaissons que grâce à ses suppositions. Enfin, c'est encore d'après les perceptions du personnage que nous appréhendons les différents acteurs intervenant après la bataille : c'est avec les yeux de Chabert que nous voyons les hommes, sans que soit formulé aucun jugement ni sur les officiers ni sur les maraudeurs qui hantent le champ de bataille. Les rares témoins s'enfuient, et seule une paysanne sera « assez hardie ou assez curieuse » (l. 584) pour venir le sauver.

Balzac a trouvé le récit complet de la bataille d'Eylau dans le recueil des *Victoires, conquêtes, désastres, revers et guerres civiles des Français de 1792 à 1815*, présenté par une société de militaires et de gens de lettres, paru en 29 volumes, entre 1817 et 1823, dont il possédait probablement un exemplaire dont il voulait se servir pour son fameux roman jamais écrit, *La Bataille*. On le voit, si le récit balzacien n'ignore ni la réalité historique ni son traditionnel traitement épique, les partis pris du *Colonel Chabert* frappent par leur originalité et leur volonté de réalisme : au lieu d'exalter l'héroïsme d'un soldat de la Grande Armée, le roman évoque la bataille d'Eylau en privilégiant le point de vue d'un moribond coincé sous un tas de cadavres : il offre ainsi une vision démythifiée des guerres napoléoniennes, même si, comme on le verra plus loin, le roman participe aussi, à sa façon, de la légende qui s'attache à l'Empereur.

La chute de l'Empereur et la naissance du mythe napoléonien

Après cette victoire sur le tsar, Napoléon ne met plus de bornes à son ambition : le blocus continental, la rupture avec le pape, la guerre d'Espagne sont des erreurs que suit la catastrophique campagne de Russie en 1812. Les puissances coalisées auront raison de lui, au point de le pousser une première fois à se retirer sur l'île d'Elbe en 1814. Il s'en échappe pour reprendre le pouvoir pendant les Cent-Jours, de mars à juin 1815. Puis, après la défaite de Waterloo, le 18 juin 1815, il abdique définitivement et est retenu sur l'île de Sainte-Hélène, où il meurt en 1821. La légende napoléonienne, bientôt nourrie par la publication en 1823 du *Mémorial de Sainte-Hélène* d'Emmanuel de Las Cases, commence à se développer.

L'ŒUVRE DANS L'HISTOIRE

On peut sans hésiter situer *Le Colonel Chabert* dans cette lignée : l'admiration affectueuse du vieux colonel pour son général participe de cette mythification. Comme un père, Napoléon est présent dans toutes les étapes de la vie du héros du roman : Chabert a commencé sa carrière avec lui et a pris part à toutes ses campagnes. Napoléon l'a anobli et lui a donc donné un nom. D'une certaine façon, il veille aussi sur sa veuve en l'autorisant à se remarier. Pendant la bataille, il sait ce qu'il doit à son fidèle officier :

> « Ma mort fut annoncée à l'Empereur, qui, par prudence (il m'aimait un peu, le patron !), voulut savoir s'il n'y aurait pas quelque chance de sauver l'homme auquel il était redevable de cette vigoureuse attaque » (l. 483-487).

Certes, il n'insiste pas suffisamment, mais Chabert lui trouve des circonstances atténuantes : « il avait de l'ouvrage » (l. 489). De même, il ne lui reproche jamais cette aventureuse politique et cette soif de conquête qui ont coûté la vie à tant de ses compagnons.

Plus encore que la figure de Napoléon, le roman exalte celle du soldat fidèle malgré tout, représenté par Chabert, par son ami décédé, Boutin, et aussi par le nourrisseur Vergniaud, un « égyptien » (l. 1098), c'est-à-dire un de ceux « qui sont revenus de l'expédition d'Égypte de laquelle [le colonel a] fait partie » (l. 1100-1101). Cette fraternité d'armes, que les deux hommes mettent réellement en pratique dans leur misère, rejaillit sur l'Empereur pour qui ils se sont battus. Victor Hugo l'exalte aussi dans son poème intitulé « L'Expiation », publié dans *Les Châtiments* en 1853. En 1900 encore, Edmond Rostand l'immortalise dans la célèbre tirade de sa pièce *L'Aiglon* (acte II, scène 9) :

> Et nous, les petits, les obscurs, les sans-grades,
> Nous qui marchions fourbus, blessés, crottés, malades.

Ainsi, dans un récit où le lecteur appréhende souvent les événements par l'intermédiaire de Chabert, le mythe de Napoléon est la plupart du temps préservé. L'Empereur, on l'a vu, est un démiurge qui, de loin, agit sur le destin des personnages principaux. Il est aussi ce grand chef militaire qui a rendu possible l'indéfectible fraternité d'armes de vieux « grognard [s] » (l. 1324) qui, grâce à elle, viennent à bout des plus dures épreuves.

LA RESTAURATION

Après 1814 : la nouvelle donne politique et son inscription dans le roman

En 1814, le pays, las de la guerre, n'oppose pas de résistance au retour de la monarchie, à laquelle se rallient nombre de dignitaires de l'Empire, comme les ministres Fouché et Talleyrand. Louis XVIII « octroie » la Charte, un texte fondamental qui préserve les principales libertés acquises durant la Révolution mais réaffirme le caractère divin et héréditaire de la monarchie. Après les Cent-Jours, le roi s'aligne de plus en plus sur les positions ultra-royalistes, surtout à partir de 1822, avec le ministère de Villèle.

En 1824, son frère Charles X accède au trône et sa politique absolutiste, malgré des parenthèses libérales, entraîne sa chute en juillet 1830 : les révoltes parisiennes le contraignent à abdiquer. Il cède la place à Louis-Philippe et à la monarchie de Juillet, après la révolution des 27, 28 et 29 juillet 1830 (les Trois Glorieuses). Jusqu'en février 1848, ce nouveau régime bénéficie d'un contexte favorable : forte expansion économique due au début de la révolution industrielle, paix avec la Grande-Bretagne, expansion coloniale. Le droit de vote est élargi et la politique de Louis-Philippe constitue la dernière tentative pour imposer en France une monarchie constitutionnelle.

Ces événements politiques sont évoqués très discrètement dans le roman. On en voit surtout les conséquences sur la vie des personnages. Ainsi, l'embourgeoisement relatif de la société se perçoit dès l'incipit avec la toute-puissance de l'argent, la présence des chiffres, l'omniprésence des affaires, tout ce qui se traduit par la longue scène avec les petits employés de l'étude de Derville. Et les personnages suivent les aléas des changements de régime. Ainsi, nous apprenons, dans un passage où le narrateur fait ironiquement référence à un célèbre mot de Louis XVIII (reproduit plus loin dans le passage en italiques), que le comte Ferraud est « du nombre des initiés qui attendaient *que l'abîme des révolutions fût fermé* » (l. 1398-1399). Même discrètement, l'histoire politique modèle donc le destin des principaux personnages du *Colonel Chabert*.

L'ŒUVRE DANS L'HISTOIRE

La société de la Restauration dans le roman

Dans la société, la Restauration marque le retour de l'ancienne noblesse qui se méfie de la noblesse d'Empire, comme le montre la rivalité des deux comtes dans le roman : le comte Ferraud, fils d'émigré, voit un ennemi dans le comte Chabert, anobli par Napoléon. Ce dernier avait essayé de s'attirer les bonnes grâces de l'aristocratie, comme le rappelle le récit : « l'Empereur [...] était aussi heureux de ses conquêtes sur l'aristocratie que du gain d'une bataille » (l. 1372-1373). C'est pourquoi il n'a aucune difficulté à accepter le remariage de la veuve d'un fidèle officier, qu'il croit disparu, avec le comte Ferraud, un représentant de l'Ancien Régime. Le destin des personnages du roman s'interprète ainsi à la lumière des rapports de forces politiques qui régissent la société : ce n'est pas parce qu'elle lui est infidèle que la veuve de Chabert s'est remariée...

Dans l'ensemble, l'aristocratie traditionnelle, logée faubourg Saint-Germain, regarde avec mépris la noblesse d'Empire, composée à ses yeux de « parvenus » auxquels les mesures prises par Napoléon le 1er mars 1808, par lesquelles l'Empereur créait les titres impériaux, confèrent une dimension officielle. Il convient ici de relever une erreur de Balzac : son héros, présumé mort à Eylau l'année précédente (en 1807), ne peut donc avoir été fait comte.

La société de la Restauration est plus cloisonnée que jamais : le roi Louis XVIII a repris l'ancien protocole de la cour, comme s'il voulait gommer vingt-cinq années d'évolution de la société. Il est essentiel que le retour de Chabert se passe dans ce monde figé et dur aux « petits », dont il révèle le fonctionnement impitoyable. La devise officielle du régime, *Trône et Autel*, évoque une monarchie soutenue par l'Église et les valeurs traditionnelles de l'Ancien Régime. Mais la réalité est plus prosaïque : ce monde est dominé par l'argent, comme le sera tout le XIXe siècle, et le confort douillet de la comtesse Ferraud s'oppose à la misère du faubourg Saint-Marceau où vivent difficilement le nourrisseur Vergniaud et sa famille. D'un côté, un singe choyé dans un salon ; de l'autre, des enfants jouant dans les immondices de la rue.

En fait, si on y regarde de plus près, la comtesse Ferraud est née Rose Chapotel : c'est une prostituée que Chabert, jeune homme, rencontre dans le quartier du Palais-Royal. De même, la noblesse de son mari est bien fragile et Derville le constate en s'expliquant pourquoi il n'est pas encore « pair de France » : « le fils d'un conseiller au Parlement n'est ni un Crillon, ni un Rohan » (l. 1501-1502). Leur prestige n'est donc qu'apparent et leur union est aussi fondée sur des intérêts réciproques, qui peuvent changer du jour au lendemain. La société de la Restauration décrite dans *Le Colonel Chabert* est un monde des apparences, dont le soldat revenant constitue le révélateur : c'est la raison pour laquelle son retour suscite de tels bouleversements.

LE CONTEXTE CULTUREL

LE SUCCÈS DU ROMAN HISTORIQUE

Lorsque Balzac publie *Le Colonel Chabert*, les romans historiques ont la faveur du public : à la suite de Walter Scott qui a publié *Ivanhoé* en 1819, on évoque le Moyen Âge lointain. En 1826, Alfred de Vigny explore le XVIIe siècle dans *Cinq-Mars*. En 1831, Hugo remporte un grand succès en publiant *Notre-Dame de Paris*. En 1844, Alexandre Dumas publie *Les Trois Mousquetaires*, dont l'action se situe également au XVIIe siècle. Balzac lui-même a connu son premier succès en 1829 avec *Les Chouans*, roman dans lequel il évoquait les guerres civiles de Vendée qui ont eu lieu de 1793 à 1796, soit près de quarante ans avant la publication du roman.

Le Colonel Chabert décrit une époque très proche du temps de l'écriture. Mais en soulignant, à travers les mésaventures du héros, la différence qui s'est creusée entre l'époque impériale et celle de la Restauration, le roman nous livre en quelque sorte une analyse historique de l'époque contemporaine, et son projet rejoint ainsi celui des romans historiques de l'époque, comme nous le verrons plus loin (voir p. 120-122).

L'INFLUENCE DU ROMANTISME

L'influence du mouvement romantique est indéniable dans l'ensemble du texte. En premier lieu, il faut rappeler que le roman a d'abord été publié dans la revue *L'Artiste*, qui paraît depuis février 1831, à laquelle Balzac a déjà donné *Le Chef-d'œuvre inconnu*, en juillet-août 1831. Cette revue se démarque des autres publications par son romantisme exalté,

L'ŒUVRE DANS L'HISTOIRE

qui prône la fraternité des arts et leur universalité. Ce choix éditorial témoigne donc d'une volonté de se situer dans la mouvance romantique.

Plusieurs motifs développés dans *Le Colonel Chabert* attestent aussi du caractère romantique de l'œuvre. La figure du « paria » Chabert évoque celle de Quasimodo, l'homme généreux que sa laideur isole symboliquement dans la cathédrale. Les héros romantiques sont souvent des héros au grand cœur, généreux et naïfs, broyés par la machine sociale : autant de caractéristiques qu'ils partagent avec Chabert. Ce dernier, revenu à Paris, ne retrouve pas sa maison. Sa femme est remariée, son avocat est mort, il est réellement un revenant.

Personnage déplacé, Chabert est le revenant d'une époque impériale dont les romantiques ont la nostalgie : on gagnait alors son titre de noblesse sur les champs de bataille, avec son mérite personnel, et non dans les intrigues comme le comte Ferraud. Un orphelin pouvait devenir comte et général. La Restauration, elle, se perd dans les affaires ou les procès, et l'argent règne. L'intendant Delbecq, modèle de servilité, « homme plus qu'habile, qui connaissait admirablement les ressources de la chicane » (l. 1408-1409), symbolise la nouvelle époque. Il sert la comtesse qui le manipule, comme elle manipule ses maris. Peut-être est-elle le personnage le plus représentatif de son temps, gagnante, mais à quel prix, et constamment menacée de répudiation.

Chabert, lui, ne trouve pas sa place dans cette nouvelle société. Il vit dans les quartiers pauvres, le faubourg Saint-Marceau où Derville vient le voir. Ce dernier, à la recherche de Chabert, parcourt les mille visages de Paris, que Balzac montre avec un grand réalisme. Il le retrouvera à l'hospice de Bicêtre, rejeté une fois pour toutes, définitivement vaincu, rejoignant ainsi d'autres grandes figures de perdants dont les auteurs de l'époque romantique perpétuent le souvenir, tels le père Goriot, Ruy Blas ou Jean Valjean.

LE CONTEXTE BIOGRAPHIQUE : BALZAC AU TEMPS DU *COLONEL CHABERT*

UN JEUNE ÉCRIVAIN

Honoré de Balzac est né à Tours en 1799, dans une famille de la petite bourgeoisie ; c'est lui-même qui ajoutera la particule à son nom. Son père, alors âgé de 53 ans, est un ancien laboureur entreprenant qui s'est enrichi par le commerce des vivres de l'armée. Balzac connaît une enfance triste, privée d'affection. Il va de pension en collège avant de commencer son droit à Paris, mais ses séjours chez différents notaires le convainquent de changer de voie.

En 1819, il décide de se consacrer à la philosophie, puis à la littérature. Après s'être essayé à une tragédie, il écrit plusieurs romans faciles, sous des pseudonymes. Il rencontre en 1821 Laure de Berny, la Dilecta, qui lui apportera l'amour mais aussi de précieux conseils et un appui constant. Avec son aide, il se lance dans différentes affaires qui se soldent par des échecs et des dettes dont il sera toute sa vie accablé.

En 1829, paraît le premier roman signé de son nom, *Les Chouans*. Balzac, introduit dans les salons, vit une période de grande activité : liaisons, publications diverses, voyages, mondanités, ralliement politique au parti légitimiste. En 1832, il publie *Le Colonel Chabert* et reçoit la première lettre de « l'Étrangère », une comtesse russe, mariée, Madame Hanska, qui lui écrit son admiration. Commence une longue liaison, essentiellement épistolaire. C'est un moment d'intense production : Balzac, qui mène une vie mondaine le jour, écrit la nuit en buvant d'énormes quantités de café et corrige au petit matin les épreuves que son éditeur lui renvoie. En 1836, une faillite lui occasionne des procès supplémentaires. Pour y échapper, il se cache, change de domicile, voyage. Sa production ralentit. En 1842, Mme Hanska devient veuve ; il va la rejoindre en Russie pour la convaincre de l'épouser. Ses difficultés financières, son travail incessant, ses voyages en Europe absorbent son temps et altèrent sa santé. Après s'être enfin marié, en mars 1850, il revient à Paris pour y mourir le 18 août de la même année. Victor Hugo prononce son éloge funèbre.

L'ŒUVRE DANS L'HISTOIRE

LA COMÉDIE HUMAINE

Le projet d'ensemble

La conception générale de l'œuvre balzacienne s'est élaborée progressivement. En 1830, Balzac entrevoit le titre *Scènes de la vie privée*, sous lequel il envisage de rassembler plusieurs de ses romans. En 1833, il invente le principe du retour des personnages qu'il met en œuvre à partir du *Père Goriot*, en 1834-1835.

Il organise l'ensemble de sa production romanesque en trois grandes masses *(Études de mœurs, Études philosophiques, Études analytiques)* dont il expose les principes dans une lettre à Mme Hanska du 26 octobre 1834, et y intègre les romans déjà publiés. En 1842, il adopte, pour couronner l'ensemble, le titre général de *La Comédie humaine* et en rédige l'Avant-propos. En 1845, il en dresse le catalogue complet : 137 romans et quatre mille personnages. 51 romans resteront à l'état de projet ou d'esquisse. Voici les grandes lignes du plan défini par Balzac, avec la mention de quelques œuvres majeures.

- Première partie : *Études de mœurs*, avec 6 subdivisions.

– *Scènes de la vie privée* : 28 romans, dont *Le Colonel Chabert* (1832), *Le Père Goriot* (1834-1835), *Béatrix* (1839), *Modeste Mignon* (1844) ;

– *Scènes de la vie de province* : 11 romans, dont *Eugénie Grandet* (1833), *Le Lys dans la vallée* (1835-1836), *Illusions perdues* (1837-1843) ;

– *Scènes de la vie parisienne* : 15 romans, dont *César Birotteau* (1837), *La Maison Nucingen* (1838), *Splendeurs et Misères des courtisanes* (1838-1847) ;

– *Scènes de la vie politique* : 4 romans, dont *Une ténébreuse affaire* (1841) ;

– *Scènes de la vie militaire* : 2 romans, *Les Chouans* (1829) et *Une passion dans le désert* (1830) ;

– *Scènes de la vie de campagne* : 3 romans, dont *Le Médecin de campagne* (1833), *Les Paysans* (1844).

- Deuxième partie : *Études philosophiques*, avec 22 romans, dont *La Peau de chagrin* (1831), *Le Chef-d'œuvre inconnu* (1831), *La Recherche de l'absolu* (1834).

- Troisième partie : *Études analytiques*, avec 1 roman, *Physiologie du mariage* (1829 et 1834).

Le Colonel Chabert *dans* La Comédie Humaine

Si Balzac a eu très tôt l'ambition de regrouper ses romans, il a longtemps hésité, déplaçant ses romans d'une rubrique à l'autre. Il a inséré *Le Colonel Chabert* dans les *Scènes de la vie parisienne* avant d'opter pour les *Scènes de la vie privée*. Or, le sujet historique aurait pu le rattacher, comme *Les Chouans*, aux *Scènes de la vie militaire*.

Comment expliquer ce choix que le romancier fixe en réorganisant son œuvre en 1844-1845 ? En rapprochant son colonel du *Père Goriot*, de *Modeste Mignon*, de *La Femme de trente ans*, Balzac privilégie l'individu aux dépens du contexte politique et social. Le drame vécu par Chabert, personnage qui doit sa grandeur à la Révolution et à l'Empire, et sa décadence à la Restauration, est aussi l'histoire d'un mari dupé par une femme manipulatrice et ambitieuse.

LA PUBLICATION DU *COLONEL CHABERT*

Les différents états du texte

En 1832, Balzac bénéficie d'une petite notoriété. Il a connu le succès avec *Les Chouans*, puis s'est consacré à des activités dans le journalisme. En 1831, la publication bien menée de *La Peau de chagrin* l'a rendu célèbre.

Il fait paraître en feuilleton une première version du roman, intitulée *La Transaction*, dans l'hebdomadaire *L'Artiste*, entre le 19 février et le 12 mars 1832. La même année, l'œuvre est reproduite dans le tome I du *Salmigondis*, recueil collectif, sous le titre *Le Comte Chabert*, sans que Balzac ait pu en contrôler le texte. En 1835, Balzac choisit un nouveau titre, *La Comtesse à deux maris*, et il insère le texte, avec quelques modifications, dans le tome IV des *Scènes de la vie parisienne*. Ce texte est publié en 1839 par les éditions Charpentier. Balzac le corrige en 1844 et lui attribue son titre actuel, dans la première édition de *La Comédie humaine*, Tome X. Il le dédicace à la comtesse de Bocarmé et supprime la division en chapitres. En 1844-1845, Balzac rédige un catalogue final de ses œuvres, dans lequel il fait glisser *Le Colonel Chabert* dans les

L'ŒUVRE DANS L'HISTOIRE

Scènes de la vie privée. Il apporte au texte des corrections qu'il n'a pu faire éditer avant sa mort, mais qui sont prises en compte de nos jours.

Nous disposons donc de plusieurs versions du texte. En outre, aussitôt après la première publication du roman, une version théâtrale en fut jouée pendant huit mois sous le titre de *Chabert*. Très schématisée, la pièce ne doit sans doute rien à Balzac, mais elle offre une publicité à l'œuvre, qui fut ensuite constamment reprise en feuilleton, et dont de nombreuses versions circuleront, souvent avec un autre titre : *La Comtesse à deux maris*, *Le Comte Chabert*.

Quelques modifications significatives

Ce roman à succès est un texte souvent retouché. Ainsi, le dénouement a été plusieurs fois remanié. Dans la version de 1832, Chabert, berné à Groslay par sa femme et Delbecq, s'évanouissait, puis finissait à moitié idiot dans les rues de Paris. Les enfants n'apparaissaient pas. Or, c'est leur vue qui incite Chabert au renoncement, et le fait qu'il prenne lui-même la décision lui donne sa grandeur héroïque. Par ailleurs, le personnage de la comtesse a été sans cesse approfondi : lors des retrouvailles chez le notaire, Chabert fait allusion au passé de sa femme : en 1832, pour preuve de son identité qu'elle conteste, il rappelait : « Je vous ai vue pour la première fois chez le comte Gilbert ! vous étiez femme de chambre de madame... ». Dans la version finale, Balzac précise l'ancien « métier » du personnage : « Je vous ai prise au Palais-Royal... » (l. 1782). Ce lieu évoque la réalité sociologique du temps suffisamment clairement. Et le participe passé, plus explicite encore (« prise »), fait référence à l'achat d'un objet, voire à un rapt violent. On peut même y voir une connotation sexuelle, vulgaire peut-être, mais très plausible chez cet ancien soldat. Par cette seule expression, Balzac suggère la vérité des personnages et souligne l'hypocrisie de la comtesse, devenue si pudibonde.

Balzac écrivait vite. Mais il corrigeait sans cesse. Ainsi peut-on commenter les ajouts apportés lors des corrections de 1844 : Balzac a placé des majuscules à l'initiale des mots du vocabulaire juridique (« Étude », « Maître », « Clerc », etc.). Le procédé relève sans doute d'une intention ironique, mais il donne aussi plus de solennité à ces instances qui l'emportent sur Chabert, donc sur la vraie justice. Enfin, il ajoute la dernière réflexion du roman : « J'en ai déjà bien vu chez Desroches, répondit Godeschal » (l. 2391-2392). L'horreur ressentie par Derville est donc atténuée, et l'intrigue s'insère dans les banalités de la vie quotidienne.

LA RÉCEPTION DE L'ŒUVRE

L'ACCUEIL DES CONTEMPORAINS

On ignore quel accueil fut fait au *Colonel Chabert* lors de sa publication dans *L'Artiste*. Mais dès le 2 juillet 1832, une pièce qui en est tirée est jouée au théâtre du Vaudeville. Les critiques adversaires du romantisme, menés par Jules Janin, du *Journal des débats*, réservent un très mauvais accueil à cette pièce qui éclipse le texte dont elle est inspirée.

De même, l'édition d'octobre de *La Transaction*, texte inséré dans *Le Salmigondis* au milieu d'autres nouvelles, n'eut que peu d'échos, le modeste éditeur n'ayant pu faire de publicité. La nouvelle publication, en 1835, sous le nouveau titre de *La Comtesse à deux maris*, détourne l'attention vers la comtesse.

L'œuvre n'ayant pas été publiée séparément du vivant de son auteur, elle n'a suscité que très peu de réactions. Parmi celles-ci, on peut mentionner celle, enthousiaste, d'Alida de Savignac dans *Le Journal des femmes* du 20 octobre 1832, revue de haute tenue :

> Je suis absorbée, étourdie, par la lecture du conte de M. de Balzac ! *Le Comte Chabert*. Ah ! mesdames, qu'il est beau d'écrire ainsi ! […] un mot de moins, un mot autre que celui employé par M. de Balzac serait un acte de vandalisme, un sacrilège. Quelle puissance […] Oh ! qu'il est beau d'être ainsi créateur, ne fût-ce qu'une fois dans sa vie !

LE REGARD DE LA POSTÉRITÉ

Le roman a été traduit en de très nombreuses langues, dont huit traductions uniquement pour l'Allemagne ! Il est un des plus réédités de Balzac. Inspiré lui-même du mythique *Ivanhoé*, Chabert sera suivi d'une longue

L'ŒUVRE DANS L'HISTOIRE

série de revenants vengeurs, à commencer par le célèbre *Comte de Monte-Cristo* (1844-1845) d'Alexandre Dumas.

De très nombreuses adaptations attestent du succès du roman. Au théâtre d'abord, où le roman adapté en 1832 l'est encore au début du XXe siècle, en 1925.

Le cinéma a beaucoup emprunté à Balzac, et *Le Colonel Chabert* a inspiré cinq films : dès 1911 en France, puis en 1920 en Italie, et en 1932 en Allemagne. Les deux dernières versions de Le Hénaff et d'Angelo sont les plus intéressantes.

En 1943, René Le Hénaff tourne une adaptation sur un scénario de Pierre Benoît, dans laquelle Raimu et Marie Bell interprètent respectivement les rôles de Chabert et de la comtesse. Ce sont les grandes vedettes de l'époque, et le scénariste est un romancier bien vu de l'occupant. On peut s'interroger sur le choix de proposer une adaptation de ce roman en pleine occupation allemande : le film montre les échecs de l'armée française, l'infidélité des épouses, rappelle que les Russes ont été de féroces ennemis, au moment où Staline est entré dans la guerre... La propagande nazie exploite habilement ces thèmes.

Le film d'Yves Angelo (1994)

En 1994, Yves Angelo réalise une adaptation remarquable, récompensée par le prix de l'Académie balzacienne pour sa fidélité au roman. La distribution rassemble des comédiens célèbres : Gérard Depardieu interprète Chabert, Fanny Ardant est la comtesse, Fabrice Luchini Derville, André Dussolier joue le rôle du comte. Les décors sont admirables : on peut apprécier la reconstitution de la bataille d'Eylau, qui apparaît au générique et dans le récit rétrospectif de Chabert, dans l'étude de Derville. Enfin, les images de la bataille se superposent aux rêveries du vieil homme dans son hospice. Le réalisateur a souligné le caractère épique de cette bataille : il montre une charge de cavalerie sous plusieurs angles et filme les cavaliers s'avançant au galop dans la plaine.

Cependant, le film, avec un réalisme macabre, montre aussi la bataille au corps à corps, avec les gros plans attendus sur les blessures. Mais les images les plus frappantes sont celles du dépouillement des cadavres après la bataille. Dans un premier temps, on croit qu'il s'agit de vols commis sur des morts, mais en fait on dérobe leurs bottes et leurs objets personnels à des hommes dont certains ouvrent encore les yeux. Le dépouilleur observe alors une blessure, constate dans un sourire qu'elle est mortelle, et continue sa tâche, tout en croisant le regard du moribond[1]. Puis les corps des hommes et des chevaux sont entassés, les premiers enterrés pêle-mêle, les seconds brûlés, les armes soigneusement rangées. Le corps n'est plus qu'un objet parmi les autres. Cette scène condamne la guerre en général et contribue à démythifier la guerre napoléonienne en particulier.

Dans ce film, l'intrigue est notablement modifiée par rapport au roman : à la fin du séjour à Groslay, Chabert semble céder aux conditions de sa femme. Il s'apprête, en présence de Delbecq, à signer un acte de renoncement devant un nouveau notaire. Mais au dernier moment, il se lève avec fierté, dit son fait à sa femme, et se retire avec dignité. C'est lorsqu'il l'apprend que Derville va trouver les Ferraud et révèle la vérité au comte devant sa femme. Celle-ci se justifie, mais les yeux du comte Ferraud brillent. On apprendra ensuite leur séparation. En fait, dès le début, on conseillait au comte de la quitter et d'épouser une jeune fille dont la famille favoriserait davantage l'ambition politique. Le retour de Chabert tombe à pic !

Le système des personnages subit de nombreuses modifications par rapport au roman. Derville se trouve un rôle de justicier très noble, mais peu vraisemblable, incompatible avec son métier, avec ses intérêts et avec sa situation sociale. La dernière scène le montre rendant visite à Chabert dans un hospice, et lui apportant des nourritures simples, pain blanc et bon tabac. Une allusion laisse entendre qu'il vient le voir régulièrement. Les personnages sont considérablement modifiés : Derville est acteur et non simple témoin ; Chabert se montre plus autoritaire que chez Balzac ; la comtesse est plus humaine, moins manipulatrice, et surtout elle échoue à la fin et est renvoyée en province comme la Merteuil des *Liaisons dangereuses* (1782) de Laclos. Les seconds rôles sont valorisés, le comte Ferraud qu'on ne voit pas chez Balzac est ici bien plus présent. Ces modifications sont dues aux contraintes de la narration cinématographique, plus resserrée, et s'expliquent par l'image que le grand

---

[1]. *Le dépouilleur [...] moribond* : après la bataille de Solferino (24 juin 1859), le suisse Henry Dunant, choqué par le spectacle des milliers de blessés agonisant faute de soins, « inventa » en 1864 le système d'assistance aux victimes qui prendra le nom de Croix-Rouge.

public a des acteurs : Fanny Ardant, dans le rôle de la comtesse, ne peut être uniquement calculatrice, et elle est surtout mue par sa passion pour le comte. Même lorsqu'elle lui refuse de l'argent, c'est pour être sûre de mieux le garder en son pouvoir.

En revanche, la première scène, dans l'étude, est identique à celle du roman, et les clercs respectent à la lettre le dialogue balzacien. Les thèmes majeurs du roman sont présents, même s'ils sont figurés par des personnages différents : gagnants et perdants, changements de régime, lutte pour le pouvoir, passion. Si l'on peut, dans ce film, déplorer la transformation radicale du personnage féminin bien adouci ici, et la légère transformation de Chabert, il faut reconnaître toutefois la qualité de l'œuvre, complémentaire du roman.

GROUPEMENT DE TEXTES : LA BATAILLE DE WATERLOO, REPRÉSENTATION DU MYTHE IMPÉRIAL

Après avoir lu l'ensemble des textes du groupement, vous répondrez à chacune des questions suivantes en justifiant vos réponses.

1. Lesquels des textes suivants proposent des figures de héros ? d'anti-héros ? Formulez les points communs et les différences. Résumez les qualités et les défauts mis en avant. Que révèlent-ils sur les valeurs morales défendues par l'auteur ?

2. Après avoir identifié les différents registres littéraires (tragique, comique, satirique, etc.) utilisés, vous indiquerez les raisons de leur présence dans les différents extraits.

3. Étudiez plus précisément la figure de Napoléon. D'après les extraits suivants, comment expliquez-vous qu'il soit devenu un mythe ?

TEXTE 1 • Stendhal, *La Chartreuse de Parme* (1839), livre premier, chap. 3

Fasciné par Napoléon, Fabrice del Dongo, jeune aristocrate italien, veut participer à une bataille. Il se trouve sur le site de Waterloo.

En arrivant sur l'autre rive, Fabrice y avait trouvé les généraux tout seuls ; le bruit du canon lui sembla redoubler ; ce fut à peine s'il entendit le général, par lui si bien mouillé, qui criait à son oreille :
— Où as-tu pris ce cheval ?
Fabrice était tellement troublé qu'il répondit en italien.
— *L'ho comprato poco fa.* (Je viens de l'acheter à l'instant.)
— Que dis-tu ? lui cria le général.
Mais le tapage devint tellement fort en ce moment, que Fabrice ne put lui répondre. Nous avouerons que notre héros était fort peu héros en ce moment. Toutefois, la peur ne venait chez lui qu'en seconde ligne ; il était surtout scandalisé de ce bruit qui lui faisait mal aux oreilles. L'escorte prit le galop ; on traversait une grande pièce de terre labourée, située au delà du canal, et ce champ était jonché de cadavres.
— Les habits rouges ! les habits rouges ! criaient avec joie les hussards de l'escorte, et d'abord Fabrice ne comprenait pas ; enfin il remarqua qu'en effet presque tous les cadavres étaient vêtus de rouge. Une circonstance lui donna un frisson d'horreur ; il remarqua que beaucoup de ces malheureux habits rouges vivaient encore ; ils criaient évidemment pour demander du secours, et personne ne s'arrêtait pour leur en donner. Notre héros, fort humain, se donnait toutes les peines du monde pour que son cheval ne mît les pieds sur aucun habit rouge. L'escorte s'arrêta ; Fabrice, qui ne faisait pas assez d'attention à son devoir de soldat, galopait toujours en regardant un malheureux blessé.
— Veux-tu bien t'arrêter, blanc-bec ! lui cria le maréchal des logis. Fabrice s'aperçut qu'il était à vingt pas sur la droite en avant des généraux, et précisément du côté où ils regardaient avec leurs lorgnettes. En revenant se ranger à la queue des autres hussards restés à quelques pas en arrière, il vit le plus gros de ces généraux qui parlait à son voisin, général aussi, d'un air d'autorité et presque de réprimande ; il jurait. Fabrice ne put retenir sa curiosité ; et, malgré le conseil de ne point parler, à lui donné par son amie la

geôlière, il arrangea une petite phrase bien française, bien correcte, et dit à son voisin :
— Quel est-il ce général qui *gourmande* son voisin ?
— Pardi, c'est le maréchal !
— Quel maréchal ?
— Le maréchal Ney, bêta ! Ah ça ! où as-tu servi jusqu'ici ?
Fabrice, quoique fort susceptible, ne songea point à se fâcher de l'injure ; il contemplait, perdu dans une admiration enfantine, ce fameux prince de la Moskova, le brave des braves.

Tout à coup on partit au grand galop. Quelques instants après, Fabrice vit, à vingt pas en avant, une terre labourée qui était remuée d'une façon singulière. Le fond des sillons était plein d'eau, et la terre fort humide, qui formait la crête de ces sillons, volait en petits fragments noirs lancés à trois ou quatre pieds de haut. Fabrice remarqua en passant cet effet singulier ; puis sa pensée se remit à songer à la gloire du maréchal. Il entendit un cri sec auprès de lui : c'étaient deux hussards qui tombaient atteints par des boulets ; et, lorsqu'il les regarda, ils étaient déjà à vingt pas de l'escorte. Ce qui lui sembla horrible, ce fut un cheval tout sanglant qui se débattait sur la terre labourée, en engageant ses pieds dans ses propres entrailles ; il voulait suivre les autres : le sang coulait dans la boue.

Ah ! m'y voilà donc enfin au feu ! se dit-il. J'ai vu le feu ! se répétait-il avec satisfaction. Me voici un vrai militaire. À ce moment, l'escorte allait ventre à terre, et notre héros comprit que c'étaient des boulets qui faisaient voler la terre de toutes parts. Il avait beau regarder du côté d'où venaient les boulets, il voyait la fumée blanche de la batterie à une distance énorme, et, au milieu du ronflement égal et continu produit par les coups de canon, il lui semblait entendre des décharges beaucoup plus voisines ; il n'y comprenait rien du tout.

TEXTE 2 • Victor Hugo, « L'Expiation », *Les Châtiments* (1853), livre V, chap. 13

Dans ce recueil poétique publié sous le Second Empire, Hugo ressuscite le mythe de la grandeur du Premier Empire pour mieux discréditer Napoléon III.

Le soir tombait ; la lutte était ardente et noire.
Il avait l'offensive et presque la victoire ;
Il tenait Wellington acculé sur un bois.
Sa lunette à la main, il observait parfois
5   Le centre du combat, point obscur où tressaille
La mêlée, effroyable et vivante broussaille,
Et parfois l'horizon, sombre comme la mer.
Soudain, joyeux, il dit : Grouchy ! — C'était Blücher.
L'espoir changea de camp, le combat changea d'âme,
10 La mêlée en hurlant grandit comme une flamme.
La batterie anglaise écrasa nos carrés.
La plaine où frissonnaient les drapeaux déchirés,
Ne fut plus, dans les cris des mourants qu'on égorge,
Qu'un gouffre flamboyant, rouge comme une forge ;
15 Gouffre où les régiments, comme des pans de murs,
Tombaient, où se couchaient comme des épis mûrs
Les hauts tambours-majors aux panaches énormes,
Où l'on entrevoyait des blessures difformes !
Carnage affreux ! moment fatal ! l'homme inquiet
20 Sentit que la bataille entre ses mains pliait.
Derrière un mamelon la garde était massée.
La garde, espoir suprême et suprême pensée !
— Allons ! faites donner la garde, cria-t-il ! —
Et Lanciers, Grenadiers aux guêtres de coutil,
25 Dragons que Rome eût pris pour des légionnaires,
Cuirassiers, canonniers qui traînaient des tonnerres,
Portant le noir colback[1] ou le casque poli,
Tous, ceux de Friedland et ceux de Rivoli,
Comprenant qu'ils allaient mourir dans cette fête,

---

1. *Colback* : coiffure militaire adoptée d'abord en Égypte par les chasseurs à cheval de la garde consulaire.

L'ŒUVRE DANS L'HISTOIRE

30 Saluèrent leur dieu, debout dans la tempête.
Leur bouche, d'un seul cri, dit : vive l'empereur !
Puis, à pas lents, musique en tête, sans fureur,
Tranquille, souriant à la mitraille anglaise,
La garde impériale entra dans la fournaise.
35 Hélas ! Napoléon, sur sa garde penché,
Regardait, et, sitôt qu'ils avaient débouché
Sous les sombres canons crachant des jets de soufre,
Voyait, l'un après l'autre, en cet horrible gouffre,
Fondre ces régiments de granit et d'acier
40 Comme fond une cire au souffle d'un brasier.

TEXTE 3 • Victor Hugo, *Les Misérables* (1862), deuxième partie, livre premier, chap. 19

Le champ de bataille la nuit

Là où avait râlé ce lamentable désastre, tout faisait silence maintenant. L'encaissement du chemin creux était comble de chevaux et de cavaliers inextricablement amoncelés. Enchevêtrement terrible. Il n'y avait plus de talus. Les cadavres nivelaient la route
5 avec la plaine et venaient au ras du bord comme un boisseau d'orge bien mesuré. Un tas de morts dans la partie haute, une rivière de sang dans la partie basse ; telle était cette route le soir du 18 juin 1815. Le sang coulait jusque sur la chaussée de Nivelles et s'y
10 extravasait en une large mare devant l'abatis d'arbres qui barrait la chaussée, à un endroit qu'on montre encore. C'est, on s'en souvient, au point opposé, vers la chaussée de Genappe, qu'avait eu lieu l'effondrement des cuirassiers. L'épaisseur des cadavres se proportionnait à la profondeur du chemin creux. Vers le milieu, à l'endroit
15 où il devenait plaine, là où avait passé la division Delord, la couche des morts s'amincissait.

Le rôdeur nocturne, que nous venons de faire entrevoir au lecteur, allait de ce côté. Il furetait cette immense tombe. Il regardait. Il passait on ne sait quelle hideuse revue des morts. Il mar-
20 chait les pieds dans le sang.

Tout à coup, il s'arrêta.

À quelques pas devant lui, dans le chemin creux, au point où finissait le monceau des morts, de dessous cet amas d'hommes et de chevaux, sortait une main ouverte, éclairée par la lune.

Cette main avait au doigt quelque chose qui brillait, et qui était un anneau d'or.

L'homme se courba, demeura un moment accroupi, et quand il se releva, il n'y avait plus d'anneau à cette main.

Il ne se releva pas précisément ; il resta dans une attitude fauve et effarouchée, tournant le dos au tas de morts, scrutant l'horizon, à genoux, tout l'avant du corps portant sur ses deux index appuyés à terre, la tête guettant par-dessus le bord du chemin creux. Les quatre pattes du chacal conviennent à de certaines actions.

Puis, prenant son parti, il se dressa.

En ce moment il eut un soubresaut. Il sentit que par derrière on le tenait.

Il se retourna ; c'était la main ouverte qui s'était refermée et qui avait saisi le pan de sa capote.

Un honnête homme eût eu peur. Celui-ci se mit à rire.

– Tiens, dit-il, ce n'est que le mort. J'aime mieux un revenant qu'un gendarme.

Cependant la main défaillit et le lâcha. L'effort s'épuise vite dans la tombe.

– Ah çà ! reprit le rôdeur, est-il vivant, ce mort ? Voyons donc.

Il se pencha de nouveau, fouilla le tas, écarta ce qui faisait obstacle, saisit la main, empoigna le bras, dégagea la tête, tira le corps et quelques instants après il traînait dans l'ombre du chemin creux un homme inanimé, au moins évanoui. C'était un cuirassier, un officier, un officier même d'un certain rang ; une grosse épaulette d'or sortait de dessous la cuirasse ; cet officier n'avait plus de casque. Un furieux coup de sabre balafrait son visage où l'on ne voyait que du sang. Du reste, il ne semblait pas qu'il eût de membre cassé, et par quelque hasard heureux, si ce mot est possible ici, les morts s'étaient arc-boutés au-dessus lui de façon à le garantir de l'écrasement. Ses yeux étaient fermés.

Il avait sur sa cuirasse la croix d'argent de la Légion d'honneur.

Le rôdeur arracha cette croix qui disparut dans un des gouffres qu'il avait sous sa capote.

L'ŒUVRE DANS L'HISTOIRE

TEXTE 4 • **François-René de Chateaubriand**, *Mémoires d'outre-tombe* (1848-1850), tome III, livre XXIII, chap. 16

Pendant l'épisode des Cent-Jours, Chateaubriand a suivi Louis XVIII à Bruxelles.

Le 18 juin 1815, vers midi, je sortis de Gand par la porte de Bruxelles ; j'allai seul achever ma promenade sur la grande route. J'avais emporté les *Commentaires de César* et je cheminais lentement, plongé dans ma lecture. J'étais déjà à plus d'une lieue de
5 la ville, lorsque je crus ouïr un roulement sourd : je m'arrêtai, regardai le ciel assez chargé de nuées, délibérant en moi-même si je continuerais d'aller en avant, ou si je me rapprocherais de Gand dans la crainte d'un orage. Je prêtai l'oreille ; je n'entendis plus que le cri d'une poule d'eau dans les joncs et le son d'une
10 horloge de village. Je poursuivis ma route : je n'avais pas fait trente pas que le roulement recommença, tantôt bref, tantôt long et à intervalles inégaux ; quelquefois il n'était sensible que par une trépidation de l'air, laquelle se communiquait à la terre sur ces plaines immenses, tant il était éloigné. Ces détonations
15 moins vastes, moins onduleuses, moins liées ensemble que celles de la foudre, firent naître dans mon esprit l'idée d'un combat. Je me trouvais devant un peuplier planté à l'angle d'un champ de houblon. Je traversai le chemin et je m'appuyai debout contre le tronc de l'arbre, le visage tourné du côté de Bruxelles. Un vent
20 du sud s'étant levé m'apporta plus distinctement le bruit de l'artillerie. Cette grande bataille, encore sans nom, dont j'écoutais les échos au pied d'un peuplier, et dont une horloge de village venait de sonner les funérailles inconnues, était la bataille de Waterloo !
25 Auditeur silencieux et solitaire du formidable arrêt des destinées, j'aurais été moins ému si je m'étais trouvé dans la mêlée : le péril, le feu, la cohue de la mort ne m'eussent pas laissé le temps de méditer ; mais seul sous un arbre, dans la campagne de Gand, comme le berger des troupeaux qui paissaient autour
30 de moi, le poids des réflexions m'accablait : Quel était ce combat ? Était-il définitif ? Napoléon était-il là en personne ? Le monde, comme la robe du Christ, était-il jeté au sort[1] ? Suc-

cès ou revers de l'une ou l'autre armée, quelle serait la conséquence de l'événement pour les peuples, liberté ou esclavage ?
35 Mais quel sang coulait ? chaque bruit parvenu à mon oreille n'était-il pas le dernier soupir d'un Français ? Était-ce un nouveau Crécy, un nouveau Poitiers, un nouvel Azincourt, dont allaient jouir les plus implacables ennemis de la France ? S'ils triomphaient, notre gloire n'était-elle pas perdue ? Si Napo-
40 léon l'emportait, que devenait notre liberté ? Bien qu'un succès de Napoléon m'ouvrît un exil éternel, la patrie l'emportait dans ce moment dans mon cœur ; mes vœux étaient pour l'oppresseur de la France, s'il devait, en sauvant notre honneur, nous arracher à la domination étrangère.
45 Wellington triomphait-il ? La légitimité[2] rentrerait donc dans Paris derrière ces uniformes rouges qui venaient de reteindre leur pourpre au sang des Français ! La royauté aurait donc pour carrosses de son sacre les chariots d'ambulance remplis de nos grenadiers mutilés ! Que sera-ce qu'une restauration accomplie sous
50 de tels auspices ?... Ce n'est là qu'une bien petite partie des idées qui me tourmentaient. Chaque coup de canon me donnait une secousse et doublait le battement de mon cœur. À quelques lieues d'une catastrophe immense, je ne la voyais pas ; je ne pouvais toucher le vaste monument funèbre croissant de minute en minute à
55 Waterloo, comme du rivage de Boulaq, au bord du Nil, j'étendais vainement mes mains vers les Pyramides.

---

1. *Le monde [...] au sort* : quand le Christ fut crucifié, les soldats tirèrent au sort pour s'attribuer sa robe. \ **2.** *La légitimité* : Chateaubriand considère que seul le roi est légitime.

L'ŒUVRE DANS UN GENRE

RAPPELS HISTORIQUES : ORIGINES ET ÉVOLUTION DU GENRE ROMANESQUE

AUX ORIGINES : LE MOYEN ÂGE, L'ÂGE CLASSIQUE

Un genre « vulgaire »

Le genre romanesque est né en France au Moyen Âge. Le mot « roman » désigne à cette époque un texte littéraire transposé du latin en langue vulgaire (au sens de « populaire », « comprise largement »). Ce passage d'une langue à l'autre est synonyme de vulgarisation, et une connotation légèrement péjorative est longtemps restée attachée au terme de « roman », ainsi qu'au genre qu'il désigne. Le roman est alors considéré comme un genre mineur, de loin inférieur à l'épopée. Les premiers romans de la littérature française sont d'ailleurs rédigés en vers, afin d'imiter les genres nobles : ce sont les romans courtois, qui développent les aventures amoureuses et chevaleresques de Tristan ou des personnages du cycle arthurien (Lancelot, le roi Arthur, les chevaliers de la Table ronde).

Un genre suspect

Au XVIIe siècle, le genre romanesque connaît un renouveau. Tous les styles sont représentés : roman d'aventure, roman sentimental avec les ouvrages d'auteurs précieux, comme *L'Astrée* (paru entre 1607 et 1627) d'Honoré d'Urfé, roman baroque comme les *États et Empires de la Lune* (posth., 1657) de Cyrano de Bergerac, roman comique et satirique comme *Le Roman comique* (paru entre 1651 et 1657) de Paul Scarron. Dans cette importante production il faut aussi signaler les nouvelles et romans de Mme de Lafayette, dont le chef d'œuvre est *La Princesse de Clèves*, publié en 1678.

Le XVIIIe siècle se méfie du roman. Le pouvoir redoute son efficacité dans la diffusion des idées nouvelles, les médecins l'accusent d'enflammer les imaginations, les gens de lettres le tiennent pour un divertissement médiocre. Les plus belles réussites du genre appartiennent à la catégorie du roman épistolaire : le roman philosophique de Montesquieu, *Lettres persanes*, inaugure en 1721 les combats des philosophes ; *La Nouvelle Héloïse*, roman sentimental de Jean-Jacques Rousseau, connaît un succès sans précédent en 1761 et ouvre la voie au préromantisme. Enfin, *Les Liaisons dangereuses* (1782) de Choderlos de Laclos représentent la forme la plus aboutie du roman libertin, avec une structure narrative rigoureuse et des personnages hors du commun, en particulier la marquise de Merteuil.

Dans une production abondante, favorisée par l'accès d'un nouveau public à l'alphabétisation, la production romanesque innove constamment. L'abbé Prévost brille dans les pseudos mémoires et donne l'*Histoire du chevalier Des Grieux et de Manon Lescaut* (1731). Marivaux propose des romans sociaux étonnamment modernes, comme *La Vie de Marianne* (1731-1741) ou *Le Paysan parvenu* (1734-1735). Diderot invente de nouvelles manières de raconter avec *Jacques le Fataliste* (posth., 1796), *La Religieuse* (posth., 1796) et *Le Neveu de Rameau* (posth., 1805). À la fin du siècle, l'univers des romans de Sade, qui met en scène des libertins vivant la jouissance sans limite, préfigure la représentation artistique du monde des pulsions inconscientes.

QUELQUES COURANTS ROMANESQUES AU XIXe SIÈCLE

Le XIXe siècle est considéré comme l'âge d'or du genre romanesque. Le roman s'impose, goûté aussi bien du grand public, qui plébiscite le feuilleton, que des « happy few [1] ».

Roman gothique et roman historique

Le début du XIXe siècle est marqué par le succès du roman noir, ou roman gothique. Inspirés par le *Cleveland* (1731-1739) de Prévost, ce sont surtout les Anglais qui développent ce genre, avec Horace Walpole, auteur du *Château d'Otrante* (1764), Ann Radcliffe, et surtout Matthew Lewis dont *Le Moine* (1796) est considéré comme le chef-d'œuvre du genre. Les intrigues de ces différents romans mettent l'accent sur le goût

---

[1]. *Happy few* : élite restreinte, seule capable d'apprécier un chef-d'œuvre, selon la formule finale des romans de Stendhal (1783-1842).

L'ŒUVRE DANS UN GENRE

du macabre et du surnaturel, avec une prédilection pour des décors de châteaux médiévaux, de souterrains et de caves.

À l'époque romantique toujours, sous l'influence du romancier écossais Walter Scott (1771-1832), la France connaît le plaisir du roman historique : Balzac (*Les Chouans*, 1829) et Victor Hugo (*Notre-Dame de Paris*, 1831 ; *Quatrevingt-Treize*, 1874) s'y adonnent. On peut aussi mentionner Vigny qui évoque les problèmes de la monarchie sous Louis XIII dans *Cinq-Mars* en 1826, et Mérimée qui écrit *La Chronique du règne de Charles IX* en 1829.

Dans les années 1820-1830, le roman historique, qui est à la mode grâce à Walter Scott dont les romans *Ivanhoé* et *Quentin Durward* sont publiés respectivement en 1819 et 1823, est porteur de grandes ambitions : les auteurs prétendent expliquer le fonctionnement des sociétés du passé. Le roman historique réhabilite des époques oubliées, comme le Moyen Âge, et contribue à la définition du roman de mœurs tel que les romanciers du XIXe siècle vont le développer : il mêle habilement documentation précise et fiction, personnages réels et imaginaires, pour peindre une époque et sa mentalité. La grande Histoire rencontre ainsi l'histoire des héros dans le roman historique qui raconte, comme le fait Balzac dans *Le Colonel Chabert*, le destin de personnages représentatifs d'une classe sociale.

Mais la perspective se modifie au fur et à mesure que l'on avance dans le siècle. La vérité historique, dans l'œuvre de Dumas notamment (*Les Trois Mousquetaires*, 1844 ; *Le Comte de Monte-Cristo*, 1844-1845), est souvent traitée avec légèreté et désinvolture : les auteurs lui préfèrent l'évocation des aventures, les tableaux pittoresques, les considérations psychologiques. Et pour Hugo, *Quatrevingt-Treize* sera surtout l'occasion de plaider pour les valeurs républicaines au moment où la France hésite à choisir un nouveau régime, à l'aube de la Troisième République.

Le roman réaliste

Enfin, de l'immense production du XIXe siècle émerge le roman de mœurs ou roman réaliste. L'institution scolaire a pris l'habitude de réserver cette appellation à un courant romanesque de la seconde moitié du siècle, époque où les romanciers prennent en compte les découvertes scientifiques récentes et montrent un souci de la vérité sociale et humaine qui les conduit à multiplier les dossiers et enquêtes préparatoires. On sait que Zola réunissait de volumineux carnets d'enquêtes et que Flaubert prenait des centaines de pages de notes préliminaires, dont il se dégageait ensuite : « La vérité matérielle (ou ce qu'on appelle ainsi) ne doit être qu'un tremplin pour s'élever plus haut » écrit-il à Hennique en février 1880 (*Correspondance*, 1887-1893).

Mais le réalisme, si on le définit de manière plus large, vise la description d'un milieu, modeste ou aristocratique, et propose, à travers le destin d'un héros, une analyse de l'interaction du milieu et de l'individu. Le romancier réaliste décrit les grandes forces politiques et économiques qui gouvernent la société et en dénonce les abus, à travers l'itinéraire d'un personnage ; le plus souvent, on suit un héros qui découvre un nouvel univers, non sans commettre des faux pas, comme les héros de romans d'apprentissage tels que *Le Père Goriot* (1834-1835) ou *Le Rouge et le Noir* (1830) de Stendhal. Enfin, le réalisme élabore un nouveau système de valeurs : il montre que, dans la société en voie d'industrialisation et d'urbanisation, les malheurs frappant les hommes ne s'expliquent plus par les malédictions familiales ni par la vengeance des dieux, mais par l'action de l'argent, nouveau dieu auquel la société moderne élève des temples pseudo-grecs, comme le palais Brongniart abritant la Bourse à Paris. L'amour ne se heurte plus au devoir, comme chez Corneille, ni au respect de la parole donnée, comme dans les romans courtois, mais à l'individualisme forcené de celui qui veut réussir ou préserver la situation durement acquise, comme la comtesse Ferraud ou les filles du père Goriot.

LE COLONEL CHABERT DANS LA PRODUCTION ROMANESQUE DU XIXᵉ SIÈCLE

UN ROMAN GOTHIQUE ?

Le roman gothique, ou roman noir, aime les atmosphères sombres et affiche une prédilection pour les détails macabres. La scène du « mort-vivant » d'Eylau permet de souligner les rapports qu'entretient *Le Colonel Chabert* avec ce courant romanesque. Elle est racontée par Chabert qui mêle ses

L'ŒUVRE DANS UN GENRE

émotions présentes aux faits passés. La mort occupe tout l'espace du champ de bataille : le récit évoque son odeur, son silence (« le vrai silence du tombeau », l. 545), dominant un « monde de cadavres » (l. 538), dont Chabert surgit comme un vampire ou comme la créature du *Frankenstein* (1818) de Mary Shelley. Le réalisme macabre culmine avec l'évocation du « fumier humain » (l. 546-547), des fragments de corps, de la peau du cheval qui a sauvé le héros.

Les premières apparitions de Chabert jouent sur le même registre : un inconnu, vêtu curieusement, surgit brusquement dans l'univers terre-à-terre de l'étude notariale. La deuxième visite est encore plus inquiétante, dans le silence de la nuit. Ses paroles sobres accentuent l'effet. Avec ces ambiances et ces situations du roman gothique, l'on pourrait, même si ce qualificatif ne concerne que peu de scènes, parler d'un roman à la fois gothique et fantastique, dans la mesure où les personnages confrontés à Chabert au début du récit hésitent sur l'attitude à adopter face à ce nouveau venu, dont personne ne sait s'il est un pauvre hère ridicule ou une créature venue d'un inquiétant au-delà.

UN ROMAN HISTORIQUE ?

Le Colonel Chabert peut être considéré comme un roman historique parce qu'il met en scène des hommes et des événements appartenant à la mémoire collective. La période évoquée est récente, de nombreux lecteurs l'ont encore en mémoire : la bataille d'Eylau s'est passée 25 ans avant la date de publication du roman, qui prolonge ainsi l'épopée napoléonienne.

Scènes et personnages « typiques »

Le Colonel Chabert peut aussi être qualifié de roman historique dans la mesure où il présente des scènes dont le contenu restitue l'ambiance de toute une époque. On peut ainsi considérer la première scène, qui montre la vie de l'étude dans tous ses détails, comme une scène typique : le formalisme juridique et les phrases ampoulées constituent désormais la seule occupation d'une société placée sous la protection de la « noble et bienveillante sagesse » de « Sa Majesté Louis Dix-Huit » (l. 38-39) certes, mais à qui toute forme d'héroïsme est dorénavant interdite.

Autre trait caractéristique du roman historique, les personnages sont dotés de destins typiques : leur parcours individuel permet de comprendre les mouvements de fond qui traversent la société de la Restauration. Dans ce monde où les anciens soldats de la Grande Armée, les « demi-soldes », sont encore nombreux, le retour de Chabert n'est pas un événement anecdotique. L'agitation qu'il engendre symbolise la difficulté qu'a la société issue de 1815 à entretenir des rapports sereins avec un passé qu'elle prétend refouler, mais qui fait retour, au sens propre du terme.

La comtesse, elle aussi, n'est pas seulement décrite pour elle-même. Balzac manifeste explicitement sa volonté de représenter, à travers elle, toute une catégorie de femmes :

> Il existe à Paris beaucoup de femmes qui, semblables à la comtesse Ferraud, vivent avec un monstre moral inconnu, ou côtoient un abîme ; elles se font un calus à l'endroit de leur mal, et peuvent encore rire et s'amuser (l. 1489-1493).

Lorsqu'il explique sa situation financière, le personnage fait allusion à la nature de sa femme qui éprouve « cette soif d'or dont sont atteintes la plupart des Parisiennes » (l. 1440).

Une analyse des évolutions sociales

Enfin, on peut parler de roman historique pour un texte qui propose une analyse fine de l'évolution de la société issue de la défaite de Napoléon. Il faut relire dans cette perspective les explications que l'avoué Derville fournit à Chabert dans le corps de l'intrigue : c'est lui qui explique au héros, réfugié chez Vergniaud, pourquoi il est impossible, dans le monde où il vient de refaire son apparition, de faire reconnaître simplement ses droits.

Le travail pédagogique auquel se livre Derville est relayé par le narrateur lui-même qui, dans une longue analepse narrative, expose la genèse des relations entre la comtesse et son mari ; le roman explique pourquoi le mariage des deux personnages s'inscrit dans une logique historique : encouragé par Napoléon (qui y voit un moyen de gagner les faveurs d'un « faubourg Saint-Germain » qui lui est traditionnellement hostile), il couronne aussi la stratégie ambitieuse d'une femme. La comtesse

L'ŒUVRE DANS UN GENRE

parvient ainsi à s'introduire dans un milieu fermé. Mais le narrateur souligne à quel point la stabilité politique retrouvée menace aussi les intérêts de la comtesse qui apprend, par un mot imprudemment lâché par son mari, que « si son mariage était à faire, jamais elle n'eût été Mme Ferraud » (l. 1470-1471). Parce qu'elle lie étroitement les destins individuels aux grands changements qui affectent la société, l'intrigue du *Colonel Chabert* est bien une intrigue de roman historique.

UN ROMAN RÉALISTE ?

Le souci du détail

Balzac décrit minutieusement un univers réel dont le lecteur connaît ainsi les mœurs : le roman devient réaliste. L'évocation de la vie quotidienne de l'étude donne lieu à deux scènes, et repose sur l'expérience personnelle de Balzac. La hiérarchie, les tâches, le vocabulaire, les lieux, la nourriture même, tout est minutieusement détaillé.

On peut trouver, dans *Le Colonel Chabert*, l'illustration de la formule popularisée par Stendhal dans *Le Rouge et le Noir* (1830) : « un roman : c'est un miroir qu'on promène le long d'un chemin ». Ainsi le mobilier de l'étude est-il scrupuleusement passé en revue, et un décorateur de cinéma n'aurait rien à imaginer.

Le ressort juridique

Le roman se livre à une analyse minutieuse du fonctionnement de la réalité sociale, notamment sous ses aspects juridiques. Balzac a conçu une histoire cohérente en choisissant le milieu de la « Basoche » (l. 85) et des procédures judiciaires. Cet univers passionne Balzac, qui avait d'abord intitulé son roman *La Transaction*. L'intrigue présente une situation impossible : Chabert est légalement mort, et le constat établi par des médecins certes peu consciencieux a suivi « les règles établies par la jurisprudence militaire » (l. 494-495). Chabert doit donc faire annuler cet acte de décès. Son cas relève d'une « absence » juridique, mais il souhaite rentrer en possession de sa femme, qui n'est donc plus veuve, et de ses biens.

Deux solutions sont proposées : celle de Derville, longuement détaillée, celle de Delbecq, passée sous silence. Mais la vive réaction de Chabert est éloquente : « Delbecq avait fait préparer chez le notaire un acte conçu en termes si crus que le colonel sortit brusquement de l'étude après en avoir entendu la lecture » (l. 2085-2087). Le conflit juridique devient psychologique (Chabert ne peut se résoudre à certains comportements vis-à-vis de son épouse), économique (sa situation révèle la détresse matérielle de toute une catégorie d'individus, celle des anciens soldats de l'Empire) et social (son retour a des implications sur la position de sa femme dans le monde). Et cette querelle juridique acquiert des dimensions ontologiques puisque, grâce au destin de Chabert, le récit pose la question de savoir comment il est possible de redevenir soi-même.

Chabert refuse finalement toutes ces propositions, et choisit de rester dans la non-existence légale. Il refuse « la guerre odieuse dont lui avait parlé Derville », il ne veut pas « entrer dans une vie de procès, se nourrir de fiel, boire chaque matin un calice d'amertume » (l. 2129-2131). Dans un discours plein de noblesse, il oppose sa parole aux « griffonnages de tous les notaires de Paris » (l. 2154-2155), et renonce à son identité, comme dans un suicide social.

LA POÉTIQUE ROMANESQUE DU *COLONEL CHABERT*

ROMAN OU NOUVELLE ?

Le Colonel Chabert est appelé indifféremment roman ou nouvelle, car il est à la charnière des deux genres.

Sa brièveté relative place le récit dans la catégorie des nouvelles. Il est par exemple environ trois fois moins long qu'*Eugénie Grandet*, qui reste un roman de longueur moyenne dans la production balzacienne. Mais le critère de longueur est discutable : on sait qu'il existe des romans courts et des nouvelles longues. D'autres choix d'écriture permettent de parler du *Colonel Chabert* comme d'une nouvelle. L'intrigue est resserrée : elle se résume en quelques mots, tient en peu de scènes, et l'indispensable connaissance du passé est transmise par de courts récits rétrospectifs. Le début et l'épilogue sont rapides, même si on ne peut pas parler de

L'ŒUVRE DANS UN GENRE

chute, dénouement inattendu caractéristique de la nouvelle. Balzac a surtout valorisé les moments de crise, qu'on pourrait résumer à deux rencontres, entre Chabert et le notaire d'une part, entre Chabert et son ancienne épouse de l'autre. Le reste est accessoire. Cette disposition des péripéties, outre le fait qu'elle montre l'habileté de Balzac, rapproche le récit du genre de la nouvelle, à cause de l'économie de moyens qu'elle révèle. Ce principe d'économie se retrouve dans l'utilisation des portraits et descriptions, réduits au minimum, loin de la longue mise en place que demandent les grands romans. Pas de longs développements historiques, comme dans *La Rabouilleuse*, ni de description préliminaire, comme celle de la pension Vauquer dans *Le Père Goriot*.

Mais le traitement des personnages relève du roman. Tout d'abord, comme dans un roman, ils sont assez nombreux, et les personnages secondaires forment un arrière-plan important. D'autre part, ils sont caractérisés. Si Chabert, son ancienne femme et Derville évoluent au premier plan, le comte Ferraud est, certes, à peine évoqué ; mais Balzac prend soin de détailler le personnel de l'étude tout comme Delbecq, « l'âme damnée de la comtesse » (l. 1427). Qu'ils soient ébauchés ou approfondis, les personnages gardent parfois leur mystère, mais tous ont la force des personnages romanesques.

Si l'on souhaite parler en toute objectivité du *Colonel Chabert*, il convient de reconnaître à ce texte la durée et la profondeur des meilleurs romans, et de souligner que les données de l'intrigue sont exposées sur le rythme, et dans les dimensions, d'une nouvelle.

LA NARRATION

Rappels

Trois types de focalisations, ou points de vue, peuvent être utilisés dans une narration.

On parle de focalisation zéro lorsque la conduite du récit est confiée à un narrateur omniscient, qui peut livrer toutes sortes d'informations que le lecteur et les personnages ignorent. Ainsi en est-il du séjour à Groslay puisqu'aucun témoin n'est présent, hormis les personnages. Les faits sont rapportés, s'y ajoutent même des commentaires, tantôt informatifs (lorsqu'il est question de « la petite vallée qui sépare les hauteurs de Margency du joli village de Groslay », l. 1934-1935), tantôt sous forme de jugements en incise (« Le malheur est une espèce de talisman dont la vertu consiste à corroborer notre constitution primitive », l. 1937-1939).

On appelle focalisation interne un récit mené du point de vue d'un personnage. Nous ne percevons que ce qu'il voit, sent, pense. Ainsi, nous verrons plus loin que la conduite du récit suppose souvent la présence de Derville, véritable guide de la narration.

On parle enfin de focalisation externe lorsque le narrateur reste extérieur à l'histoire, et n'en livre que les détails que pourrait percevoir un observateur extérieur. C'est ainsi qu'est raconté tout le début : quand il apparaît, Chabert ne nous est pas plus connu qu'aux employés de l'étude. Il est un inconnu, dont le nom n'est utilisé que lorsqu'il a été admis par Derville.

Un roman en focalisation interne

Dans *Le Colonel Chabert*, la focalisation est souvent interne, centrée sur le personnage de Derville. Quelques grandes scènes se déroulent certes en son absence (l'entrée de Chabert dans l'étude, le séjour à Groslay). Mais pour le reste, il est le fil conducteur du récit. Il nous conduit de son bureau au logis de Chabert, puis chez Mme Ferraud, ainsi qu'aux deux rencontres finales. Les descriptions sont toujours fonction de ce qu'il voit, de sa situation spatiale. Il est le témoin privilégié, le lien entre ces lieux contrastés.

Son rôle est essentiel sur le plan affectif : le médiateur qu'il est censé incarner perd sa neutralité et penche nettement en faveur du colonel. Il oriente, s'il en était besoin, l'opinion du lecteur. Les larmes de Chabert touchent l'homme de loi, convaincu non par les arguments mais par l'accent de sincérité de son interlocuteur, donc par l'irrationnel : « Cette pénétrante et indicible éloquence qui est dans le regard, dans le geste, dans le silence même, acheva de convaincre Derville et le toucha vivement » (l. 670-673). Même si le passage porte, avec le présent de vérité générale, une trace explicite de la présence du narrateur omniscient, il souligne aussi l'importance du regard de Derville, qui colore de sa subjectivité nombre de passages du récit.

L'ŒUVRE DANS UN GENRE

La fonction de Derville permet ainsi au romancier, et donc au lecteur, d'entrer dans l'intimité des familles : il connaît les secrets, et peut rencontrer la comtesse quand il le souhaite. C'est donc la focalisation idéale.

LE TRAITEMENT DU PERSONNAGE ROMANESQUE

La dénomination des personnages : quelques effets

- Chabert

L'originalité du roman repose sur les modalités de l'insertion du personnage éponyme dans le récit.

Le titre livre une première information. Il attribue au personnage une catégorie sociale : c'est un officier de haut rang. Chabert est donc annoncé comme un colonel, un personnage important, représentatif de l'armée napoléonienne ou de ce qu'il en reste. Or, lorsqu'il apparaît dans le récit, il est désigné comme « un inconnu » (l. 8), puis « le vieux plaideur », « l'homme malheureux » (l. 156-157). Lors de sa deuxième visite nocturne, il est « le prétendu colonel Chabert » (l. 351). C'est seulement lorsque Derville lui accorde sa confiance et croit à son histoire que le narrateur l'appelle par son nom. Le vieux soldat doit donc reconquérir son identité auprès des hommes, qu'il s'agisse du lecteur ou de ses contemporains.

Jouant avec les différentes dénominations du personnage, Balzac ne dédaigne pas l'humour noir : c'est « le défunt » (l. 468) qui se présente au rendez-vous du notaire. À l'inverse, le renoncement final de Chabert se manifeste par l'adoption de son prénom, « Hyacinthe » (l. 1730), charmant certes, mais bien peu militaire. Il est devenu un vieillard inoffensif, qui porte un nom de fleur, et que personne ne craint plus. « Je ne réclamerai jamais le nom que j'ai peut-être illustré. Je ne suis plus qu'un pauvre diable nommé Hyacinthe » (l. 2155-2157). En jouant subtilement de la palette des noms, Balzac résume les différents statuts successifs du personnage.

- La comtesse

Il en va de même pour la comtesse. Ce titre est en soi ambigu, car il résume la double vie de cette femme. Comtesse Chabert et comtesse Ferraud, elle a eu deux maris, et s'inscrit dans deux systèmes nobiliaires (celui de l'Empire d'abord, celui de la Restauration ensuite). Mais les deux sont empruntés : son vrai nom, Rose Chapotel, évoque son origine populaire, et surtout sa jeunesse de prostituée. Cela explique sa fragilité. Sa situation a été âprement conquise, il suffirait que son mari veuille divorcer pour qu'elle ne soit plus rien. Son argent est son seul atout, et la dureté dont elle fait preuve est justifiée par la condition faite à la femme au XIXe siècle, probablement l'époque la plus misogyne de l'histoire.

Chabert l'appelle Rosine, prénom familier, quand il veut se faire reconnaître, ou dans le tête-à-tête trompeur à Groslay. Quand il découvre sa fausseté, il la foudroie par son vouvoiement et un « madame » (l. 2149) méprisant. Tour à tour séductrice, hautaine, mère de famille, épouse aimante, elle est un personnage protéiforme et insaisissable, dont le récit épouse la complexité en multipliant les dénominations la désignant.

Les portraits des personnages : quelques constantes

Comme on l'a vu plus haut, quelques détails suffisent à donner des informations sur les personnages, et ce parti pris permet de parler de ce récit comme d'une nouvelle. Des notations brèves permettent de caractériser les différents personnages.

Elles concernent les vêtements tout d'abord. Lors de la visite nocturne de Chabert, Derville est en costume de bal. Ce détail vestimentaire, mieux que de longues explications, souligne qu'il est jeune et pressé, et qu'il est un homme parfaitement inséré dans la société – au contraire de Chabert. Les gestes aussi ont leur importance : comme au théâtre, ce sont les gestes de Derville qui traduisent ses sentiments ; les descriptions font office de didascalies : « tout en prêtant son attention au discours du feu colonel, il feuilleta ses dossiers » (l. 466-467). Après le début du récit de Chabert, son attitude change : « le jeune avoué laissa ses dossiers, posa son coude gauche sur la table, se mit la tête dans la main, et regarda le colonel fixement » (l. 497-499).

L'attitude physique, enfin, fait l'objet de caractérisations détaillées. Mal habillé, Chabert se présente d'abord en humble quémandeur. Quand Derville l'a identifié et lui accorde sa confiance, il se redresse et affronte la comtesse avec dignité, « vêtu selon son rang » (l. 1658-1659). Tout autre est le vieillard retrouvé à l'hospice :

> Ils aperçurent sous un des ormes du chemin un de ces vieux pauvres chenus et cassés qui ont obtenu le bâton de maréchal des

L'ŒUVRE DANS UN GENRE

> mendiants en vivant à Bicêtre comme les femmes indigentes vivent à la Salpêtrière. Cet homme, l'un des deux mille malheureux logés dans l'*Hospice de la Vieillesse*, était assis sur une borne (l. 2292-2297).

Balzac témoigne ainsi d'un souci des vêtements, des gestes et des attitudes qui évoque le travail d'un peintre. On sait qu'il consacra plusieurs nouvelles à la réflexion sur l'art. Il n'est pas étonnant de constater que les portraits des personnages, comme en peinture, baignent dans une lumière très travaillée. Le mystère de la première rencontre entre Chabert et Derville est souligné par la mention du « clair-obscur » (l. 392), et le vieillard semble « un portrait de Rembrandt, sans cadre » (l. 409).

LES FONCTIONS DE LA DESCRIPTION

La description est le fondement du roman balzacien. Pour analyser la réalité sociale de la Restauration, Balzac se doit de décrire avec minutie les lieux où se meuvent ses personnages, et qui mettent en évidence les mutations de la société. Le héros évolue d'une sphère à l'autre, et le lecteur découvre avec lui les mille facettes de la ville moderne.

Classiquement, on distingue quatre fonctions de la description romanesque, qui se retrouvent dans *Le Colonel Chabert*.

La fonction réaliste

Il s'agit d'ancrer la narration dans le réel, de donner au lecteur l'impression qu'il assiste au spectacle.

La scène initiale se déroule dans l'étude dont la description est détaillée même si l'atmosphère est parfois rendue par un détail, plus que par l'accumulation d'objets dans l'étude : la nourriture des employés, par exemple l'odeur du fromage. Mais la description présente aussi les objets et le mobilier : tout est vieux, poussiéreux, encombré. Cette description s'adresse à tous les sens. Nous avons une lumière chiche, due à la saleté des vitres ; nous percevons des odeurs :

> L'odeur de ces comestibles s'amalgamait si bien avec la puanteur du poêle chauffé sans mesure, avec le parfum particulier aux bureaux et aux paperasses, que la puanteur d'un renard n'y aurait pas été sensible (l. 103-106).

La chaleur est excessive et confinée ; les bruits des bavardages se croisent avec les paroles de travail et les claquements de mâchoires qui mangent : le but de cette description est bien, par sa minutie, de donner au lecteur l'illusion qu'il se trouve dans la pièce en question.

La fonction symbolique

On parle de fonction symbolique d'une description lorsque celle-ci dévoile, à travers la mention d'un objet ou d'un lieu, un élément du caractère d'un personnage, le sens d'une situation.

Ainsi, dans la première scène, l'évocation de la nourriture des employés et de l'odeur du fromage qu'ils consomment permet à Balzac de suggérer la trivialité de ces hommes dont la tâche est pourtant déterminante pour le destin de clients comme Chabert. Plus loin, Balzac décrit la demeure de Vergniaud : l'homme y dispute sa place aux animaux, lapins et vaches y sont logés pêle-mêle ; le chat se nourrit aux mêmes pots à crème que les hommes. On décèle aisément le sens symbolique : la description évoque un univers de lutte pour la survie, d'inquiétude permanente, dénué d'intimité car on vit la porte ouverte, dans la rue même. L'espace intime ne se distingue pas de l'espace économique, le travail prime sur le repos. Derville porte sur ce décor un jugement impitoyable, « en saisissant d'un seul coup d'œil l'ensemble de ce spectacle ignoble » (l. 1023-1024).

La même fonction symbolique est présente dans l'évocation de la comtesse, qui reçoit dans le décor luxueux d'une « jolie salle à manger d'hiver » (l. 1511). Elle est en peignoir, déjeune négligemment... Mais ne nous arrêtons pas à cette impression initiale : la fin du paragraphe mentionne le sourire du notaire, bien informé des « mensonges sous lesquels la plupart des familles parisiennes cachent leur existence » (l. 1528-1530). Et l'on sait quels tourments secrets agitent cette femme et à quel prix elle a acquis ce confort apparent. La description exhibe donc le masque de respectabilité derrière lequel le personnage dissimule son trouble intérieur.

Enfin, le roman s'achève sur deux nouvelles rencontres fortuites de Derville et de Chabert : au tribunal d'abord, puis à l'hospice de Bicêtre où le vieux soldat achève sa vie, oublié de tous. Derville résume cette vie par un parcours spatial cyclique : « Sorti de l'hospice des *Enfants trouvés*, il revient mourir à l'hospice de la *Vieillesse*, après avoir, dans

L'ŒUVRE DANS UN GENRE

l'intervalle, aidé Napoléon à conquérir l'Égypte et l'Europe » (l. 2361-2364). On ne pouvait mieux souligner l'importance symbolique de l'espace romanesque, dont l'organisation traduit le tragique du destin qui a frappé le personnage.

La fonction narrative

On parle de fonction narrative d'une description lorsque celle-ci est chargée d'annoncer la suite du récit.

Si l'on revient à la longue description de l'étude dans la scène initiale, on remarquera que le récit s'attarde sur un autre aspect du lieu, en parlant de la quantité de dossiers anciens, hérités des prédécesseurs, et susceptibles de révéler des secrets. Comme c'est bien à la révélation d'un secret, celui de l'infamie de son épouse et de toute une société, que prétend s'atteler Chabert, on peut voir dans cette description une amorce de la quête du héros. Mais la confusion et le désordre régnant dans l'étude, dont la description se fait longuement l'écho, ont aussi une valeur prémonitoire : ils figurent le dédale administratif dans lequel va se perdre l'innocent personnage.

La fonction esthétique

On parle de description à vocation esthétique lorsqu'il s'agit d'embellir le réel, de le transformer en œuvre d'art, de transposer une partie du texte en un tableau de mots.

Certains passages peuvent faire penser à des descriptions de ce type : l'évocation du lieu des combats et des exploits, le champ de bataille, terre de mort où a sombré l'Empire, dans l'hiver, la neige de l'oubli, et l'éloignement.

GROUPEMENT DE TEXTES : L'ÉCRITURE ROMANESQUE DANS *LE COLONEL CHABERT*

TEXTE 5 • *Le Colonel Chabert*

> « Allons ! encore notre vieux carrick ! » [...] mémoire de frais.
>
> > PAGES 7-8, LIGNES 1-15

L'incipit

Il s'agit du début du roman et de la première apparition du personnage principal.

1. Quelles informations ces premières lignes donnent-elles ?

2. Comment le personnage principal est-il présenté ? Appuyez-vous sur l'étude du vocabulaire et sur les gestes indiqués.

3. Quel est l'intérêt du dialogue ?

TEXTE 6 • *Le Colonel Chabert*

> « Lorsque je revins à moi [...] en contact avec la neige. »
>
> > PAGES 25-27, LIGNES 526-571

Un récit rétrospectif

1. Relevez tous les détails qui donnent à ce récit un aspect réaliste et vraisemblable.

2. Pourquoi ce passage peut-il être rattaché au genre du roman gothique défini plus haut ?

3. Quels thèmes permettent de l'associer au genre fantastique ? Étudiez notamment la présence de la mort ainsi que les ambiguïtés liées aux perceptions.

L'ŒUVRE DANS UN GENRE

TEXTE 7 • *Le Colonel Chabert*

« Il y a quelque chose de bien singulier [...] cachent leur existence.

> PAGES 57-58, LIGNES 1494-1530

Le point de vue

1. Situez cette scène dans le roman : quelle est la péripétie précédente ? Qu'en déduisez-vous sur la succession de ces scènes ?

2. Que suggèrent les vêtements, le mobilier et les activités décrits ?

3. Pourquoi est-ce Derville qui fait le lien entre les deux visites ?

TEXTE 8 • *Le Colonel Chabert*

« Hé bien, monsieur Delbecq [...] Adieu... »

> PAGES 77-78, LIGNES 2107-2157

Le dénouement

1. En quoi les personnages sont-ils diamétralement opposés ?

2. En quoi cette scène se distingue-t-elle de l'épilogue ?

3. Comment expliquez-vous la décision finale de Chabert ?

TEXTE 9 • *Le Colonel Chabert*

– Quelle destinée ! s'écria Derville [...] répondit Godeschal.

> PAGES 85-86, LIGNES 2361-2392

L'épilogue

1. Quel bilan Derville tire-t-il de la vie de Chabert ? En quoi est-ce un « destin » ?

2. Reformulez son opinion sur la société.

3. Comment Balzac a-t-il su conférer à cette fin une tournure solennelle ?

VERS L'ÉPREUVE

ARGUMENTER, COMMENTER, RÉDIGER

L'étude de l'argumentation dans l'œuvre intégrale privilégie deux objets.

■ **L'argumentation dans l'œuvre.** *Chaque genre littéraire, chaque œuvre intégrale exprime un point de vue sur le monde. Un roman, une pièce de théâtre, un recueil de poésies peuvent défendre des thèses à caractère esthétique, politique, social, philosophique, religieux, etc. Ordonner les épisodes d'une œuvre intégrale, élaborer le système des personnages, recourir à tel ou tel procédé de style, c'est aussi, pour un auteur, se donner les moyens d'imposer un point de vue ou d'en combattre d'autres. Ce premier aspect est étudié dans une présentation synthétique, adaptée à la particularité de l'œuvre étudiée.*

■ **L'argumentation sur l'œuvre.** *Après publication, les œuvres suscitent des sentiments qui s'expriment dans des lettres, des articles de presse, des ouvrages savants... Chaque réaction exprime donc un point de vue sur l'œuvre, loue ses qualités, blâme ses défauts ou ses excès, éclaire ses enjeux. Une série d'exercices permet d'analyser des réactions publiées à différentes époques, dans lesquelles les lecteurs de l'œuvre, à leur tour, entendent faire partager leurs enthousiasmes, leurs doutes ou leurs réserves.*

Quelle vision du monde, quelles valeurs une œuvre véhicule-t-elle, et comment se donne-t-elle les moyens de les diffuser ? Quelles réactions a-t-elle suscitées, et comment les lecteurs successifs ont-ils voulu imposer leurs points de vue ? L'étude de l'argumentation dans l'œuvre et à propos de l'œuvre permet de répondre à cette double série de questions.

VERS L'ÉPREUVE

L'ARGUMENTATION DANS *LE COLONEL CHABERT*

DÉCRIRE, EXPLIQUER ET DÉNONCER LA SOCIÉTÉ

Le patronage de la science

Passionné par les sciences, Balzac s'intéresse aux découvertes des biologistes, et a lu Buffon, puis Geoffroy Saint-Hilaire, qui formulent avant Darwin la loi d'unité du monde animal : tous les animaux descendent d'une espèce primitive unique, que le temps et l'environnement ont modifiée et différenciée. Balzac l'appelle dans l'Avant-propos de *La Comédie humaine* « l'unité de composition » de la nature qui assure, selon lui, le lien entre le travail des biologistes et celui des philosophes :

> Il n'y a qu'un animal. Le créateur ne s'est servi que d'un seul et même patron pour tous les êtres organisés. […] Je vis que sous ce rapport, la Société ressemblait à la Nature. La Société ne fait-elle pas de l'homme, suivant les milieux où son action se déploie, autant d'hommes différents qu'il y a de variétés en zoologie ? […] Si Buffon a fait un magnifique ouvrage en essayant de représenter dans un livre l'ensemble de la zoologie, n'y avait-il pas une œuvre de ce genre à faire pour la Société ?

Il ambitionne donc de dépeindre dans *La Comédie humaine* « les hommes, les femmes et les choses, c'est-à-dire les personnes et la représentation matérielle qu'ils donnent de leur pensée ; enfin, l'homme et la vie ». Ces idées ne seront formulées que progressivement, au fur et à mesure que la création romanesque s'enrichit. Sans doute ne sont-elles pas encore aussi nettes au temps de l'écriture du *Colonel Chabert*. Toutefois, le goût pour l'observation des hommes tels qu'ils sont transparaît dans la description minutieuse de personnages secondaires, comme les employés de Derville, les enfants des barrières et leurs jeux, l'évocation du champ de bataille d'Eylau et celle des tribulations d'un soldat, envisagés comme autant d'exemples de la diversité humaine.

La théorie des sphères

Dans *La Fille aux yeux d'or* (1834-1835), Balzac développe la métaphore d'un Paris assimilable à l'Enfer que décrit Dante dans sa *Divine Comédie* (posth., 1472). Il y distingue plusieurs sphères concentriques : la première est celle du peuple ouvrier qui s'épuise à la tâche, et d'où émerge parfois la promotion d'un petit commerçant, qu'il décrit brillamment en mercier parisien. La deuxième est celle des petits bourgeois laborieux. Le « troisième cercle de cet enfer qui peut-être aura un jour son Dante » est le monde des affaires, au-dessus duquel se tient la sphère des artistes. La dernière sphère est celle de l'aristocratie.

« Quelle puissance les détruit ? La passion. Toute passion à Paris se résout par deux termes : or et plaisir » *(La Fille aux yeux d'or)*. *Le Colonel Chabert* illustre cette théorie en décrivant deux de ces classes, le peuple et l'aristocratie. Ces « sphères » sont à la fois proches et cloisonnées, seul Derville va de l'une à l'autre. Chabert et sa femme avaient pu s'élever dans la société plus ouverte du Premier Empire, mais Chabert est resté fidèle à son premier idéal. Il se trouve donc rejeté dans l'anonymat misérable d'où son mérite l'avait extrait.

Les mutations socio-économiques et les changements politiques si nombreux au début du siècle modifient la composition de ces sphères et de longues explications historiques s'imposent : il faut expliquer la situation du comte Ferraud, représentant de l'aristocratie de l'Ancien Régime ménagé par Napoléon, mais dont les chances de parvenir au sommet, c'est-à-dire d'obtenir la pairie, augmentent considérablement en 1815 avec le retour des Bourbons. La comtesse Ferraud est passée d'une sphère à l'autre, et même de la plus pauvre à la plus élevée, situation éminemment fragile, qu'elle ne peut remettre en question sous prétexte que Chabert n'est pas mort. L'itinéraire de Derville, du quartier de Vergniaud à l'hôtel des Ferraud, pourrait bien évoquer celui de la comtesse, qui n'a aucun désir de retourner à ce monde pauvre qu'elle a fui.

Une idéologie peu contraignante

Cependant, le romancier affronte des contradictions et la volonté de réalisme l'emporte sur l'idéologie royaliste de l'auteur : on sait que Balzac était légitimiste, et pourtant il dénonce ici le comportement de la monarchie, ou plutôt de ceux qu'elle a mis au pouvoir. Le roman du marginal dénonce implicitement la norme, et critique une idéologie selon laquelle les faibles n'ont plus de place dans une société qui s'industrialise et qu'on appellera plus tard la société libérale.

UN ROMAN À THÈSE ?

Un apprentissage inversé

L'histoire de l'évolution du héros permet au romancier de développer sa thèse : la déchéance du colonel Chabert est l'inverse de l'ascension des Rastignac *(Le Père Goriot)* et des Rubempré *(Splendeurs et Misères des courtisanes)*. Comme eux, Chabert a été jeune et beau, plein de vigueur, riche, noble, glorieux, nanti d'une épouse valorisante. Orphelin, il s'est élevé seul, et s'est fait remarquer par ses qualités. Dans son cas, ce sont ses vertus militaires et sa fidélité à Bonaparte. Mais cette ascension n'est plus possible dans la société de la Restauration : il n'en connaît pas les codes, n'accorde que peu d'importance à l'argent, et sera floué. Seuls les forts et les cyniques survivent dans ce monde d'argent : il faut être égoïste, vivre pour soi, ne pas se laisser affaiblir par les sentiments. C'est la leçon que Vautrin donne à Rastignac dans *Le Père Goriot*. Comme Lucien de Rubempré (celui des *Illusions perdues*), Chabert est tendre et naïf. Il sera broyé. Il devient un archétype de l'ascension et de la déchéance, de même que César Birotteau.

Comme dans tous les romans d'apprentissage, le voyage a participé à sa formation, qu'il s'agisse des campagnes en Italie et en Égypte, ou des échecs en Russie et en Prusse. Au terme de son itinéraire, il revient à son point de départ : parti de l'hospice pour enfants trouvés, il termine sa vie à l'hospice de vieillards. La circularité de l'espace parcouru résume une vie d'échec, au contraire de la courbe ascendante des ambitieux qui réussissent : Rastignac, lui, ne revient pas à Angoulême ! À la différence des héros de romans d'apprentissage, Chabert ne progresse ni intellectuellement ni socialement. Tout au contraire, le récit nous expose les étapes successives d'une dépossession dont on pourrait rendre compte en la qualifiant d'apprentissage inversé, négatif, puisque le héros est conduit à faire le constat de sa rupture progressive avec le monde, et à faire le compte des renoncements successifs auxquels il doit consentir.

Les moyens romanesques de l'argumentation

Dans le roman, les différents procédés au service de l'écriture romanesque (dialogues, descriptions du Paris de la Restauration, différents portraits de Chabert vieillissant) sont riches de sens. Mais, pour satisfaire aux exigences esthétiques, le romancier a recours aux symboles, aux raccourcis, aux métaphores. Il ne s'agit pas de développer un discours explicite de dénonciation : ce sont les moyens de la narration, et eux seuls, qui doivent conduire le lecteur vers le sens.

Les portraits physiques des personnages traduisent ainsi le passage du temps, l'affaiblissement physique du fringant officier d'Empire, son inadaptation à ce nouveau monde où règne l'argent. Les descriptions de ses vêtements prennent un sens sociologique : il suffit d'un manteau démodé, le vieux carrick porté à son arrivée qui fait de lui la risée du saute-ruisseau, pour situer le revenant, à jamais décalé dans un monde devenu étranger. Au contraire, nanti de l'aide financière de Derville, c'est « un de ces beaux débris de notre ancienne armée » (l. 1671-1672) qui se présente lors de la confrontation avec sa femme. « En reprenant les habitudes de l'aisance, il avait retrouvé son ancienne élégance » (l. 1663-1664). Non seulement son linge est blanc et convenable, digne de son grade de colonel, mais il a retrouvé une jeunesse physique (« il sauta légèrement comme aurait pu faire un jeune homme », l. 1677-1678). L'élégance de la toilette de la comtesse est tout aussi révélatrice, et son esprit calculateur transparaît dans le choix de sa tenue, « une toilette simple, mais habilement calculée pour montrer la jeunesse de la taille » (l. 1680-1681). On ne peut reprocher à la comtesse sa coquetterie, mais elle l'utilise pour tromper son ancien mari et pérenniser la spoliation dont il est victime. Le point de vue est celui des passants et des employés qui commentent la scène avec leur trivialité usuelle, et mettent ainsi en évidence la vérité. Les descriptions mettent donc l'accent sur quelques détails signifiants, et c'est par leur intermédiaire que le narrateur dévoile la vérité des rapports sociaux.

Le traitement de l'espace est tout aussi éloquent : la description du logement de Vergniaud, de la rue non pavée, de son pauvre ameublement, dénoncent la misère d'une classe et l'ingratitude de la société à l'égard des vieux soldats. C'est une matérialisation de la théorie des « sphères » et de leur imperméabilité, évoquées plus haut. La description des lieux

VERS L'ÉPREUVE

remplace même parfois l'explication des intentions des personnages et la description, investie d'une fonction narrative, se charge d'une dimension argumentative supplémentaire. Ainsi, le projet de séjour à la campagne révèle à l'avance la duplicité de la comtesse et le sens de sa stratégie : il s'agit pour elle d'isoler le colonel, de l'éloigner des sages conseils de Derville. Le cadre idyllique doit favoriser la « reconquête » : fuyons la ville qui évoque les problèmes d'argent et le passé douloureux ! Dans un premier temps, ce décor joue son rôle. Chabert se laisse attendrir : il retrouve sa « Rosine » (l. 1850), et tout un monde familial émouvant et pur. Mais le parc et les arbres jouent un double rôle : quand la comtesse et Delbecq croient s'y isoler, ils ne voient pas Chabert, caché, témoin malgré lui de leurs propos. D'abord complice du mensonge, la propriété des Ferraud se retourne contre les comploteurs. Ainsi, la description du décor occupe la place de longs développements argumentatifs : le contraste entre le caractère idyllique des lieux et la noirceur des intentions des personnages souligne la dureté des rapports humains dans ce monde où Chabert tente en vain de retrouver une position.

Quant aux dialogues, ils sont le reflet des conflits d'une société âpre, où ne triomphent que les forts. Tenir la parole, c'est tenir le pouvoir : dans la nuit, la parole lente de Chabert à la reconquête de son identité dit bien son total défaut de maîtrise sur le monde (par opposition à l'impitoyable gouaille initiale des hommes de loi). Cette parole s'oppose à celle, efficace, de Derville qui l'écoute peu à peu, lui accorde sa confiance et lui restitue sa place. Le discours de Chabert face à sa femme est plus fort, presque autoritaire, mais en vain : le héros tonne quand il faudrait ruser. Son échec se traduit logiquement par son mutisme final.

Le roman, par ses caractéristiques propres, participe donc à la démonstration. Qu'il s'agisse des descriptions des personnages, du traitement de l'espace ou de celui des dialogues, les différents procédés de l'écriture romanesque construisent l'image d'une société implacable pour les faibles, prête à tout pour perpétuer des injustices qu'il n'est jamais question de corriger ni d'atténuer.

GROUPEMENTS DE TEXTES : JUGEMENTS CRITIQUES

TEXTE 10 • Compte rendu d'Alida de Savignac (paru le 20 octobre 1832)
Journal des femmes, tome II

Mais, mesdames, si je ne vous parle que fort superficiellement de tant de jolies productions, c'est que je suis absorbée, étourdie, par la lecture du conte de M. de Balzac ! *Le Comte Chabert*. Ah ! mesdames, qu'il est beau d'écrire ainsi.

Ce comte Chabert est mort à Eylau ; sa femme s'est remariée. Mais non, je m'arrête… il faudrait vous transcrire cette œuvre miraculeuse ! un mot de moins, un mot autre que celui employé par M. Balzac serait un acte de vandalisme, un sacrilège. Quelle puissance que celle qui fait faire de telles évocations avec une plume et un chiffon de papier ! Seulement je demanderais à M. Balzac si, après avoir fait sortir de son cerveau trois personnages vivants et caractérisés, comme le comte Chabert, la comtesse Ferraud et Me Derville, l'avoué, on n'a pas peur de soi-même ? si l'on ne craint pas d'être quelque chose de plus qu'un chétif mortel ? car il ne m'est pas démontré que Dieu ait fait madame Ferraud, que ce type de la perversité froide, de cette perversité que, malgré soi, on comprend, existe à Paris, à Londres, à Vienne ; mais pour sûr, il vit dans l'ouvrage de M. Balzac, il y vit, non pas pour trente, quarante, quatre-vingts ans, mais à toujours ! Oh ! qu'il est beau d'être ainsi créateur, ne fût-ce qu'une fois dans sa vie !

1. Relevez les procédés propres à l'éloge (vocabulaire, tournures de phrases, ponctuation, etc.).

2. Quels aspects de l'œuvre la journaliste met-elle en valeur ?

3. Partagez-vous entièrement ce point de vue ? Distinguez les aspects avec lesquels vous êtes en désaccord et argumentez.

VERS L'ÉPREUVE

TEXTE 11 • Honoré de Balzac, *Facino Cane* (1836)

Dans cette nouvelle, Balzac décrit la quête intuitive du romancier, qui parcourt les rues de Paris, suit des passants en écoutant leurs conversations, et imagine tout un monde à partir de ses observations.

Sachez seulement que, dès ce temps, j'avais décomposé les éléments de cette masse hétérogène nommée le peuple, que je l'avais analysée de manière à pouvoir évaluer ses qualités bonnes ou mauvaises. Je savais déjà de quelle utilité pourrait être ce faubourg, ce
5 séminaire de révolutions qui renferme des héros, des inventeurs, des savants pratiques, des coquins, des scélérats, des vertus et des vices, tous comprimés par la misère, étouffés par la nécessité, noyés dans le vin, usés par les liqueurs fortes. Vous ne sauriez imaginer combien d'aventures perdues, combien de drames oubliés dans
10 cette ville de douleur ! Combien d'horribles et belles choses. L'imagination n'atteindra jamais au vrai qui s'y cache et que personne ne peut aller découvrir ; il faut descendre trop bas pour trouver ces admirables scènes ou tragiques ou comiques, chefs-d'œuvre enfantés par le hasard.

1. Reformulez la thèse que Balzac énonce dans ce texte.

2. Montrez que l'auteur développe un point de vue d'artiste, de créateur, et non d'historien ni de politique.

3. Citez des romans et des héros de Balzac ou d'autres romanciers du xixe siècle qui ont illustré certaines figures énumérées ici.

TEXTE 12 • Honoré de Balzac, Avant-propos de *La Comédie humaine* (1842)

Si Buffon a fait un magnifique ouvrage en essayant de représenter dans un livre l'ensemble de la zoologie, n'y avait-il pas une œuvre de ce genre à faire pour la Société ? Mais la Nature a posé, pour les variétés animales, des bornes entre lesquelles la Société ne devait
5 pas se tenir. Quand Buffon peignait le lion, il achevait la lionne en quelques phrases ; tandis que dans la Société la femme ne se trouve pas toujours être la femelle du mâle. Il peut y avoir deux êtres parfaitement dissemblables dans un ménage. La femme d'un marchand est quelquefois digne d'être celle d'un prince, et sou-
10 vent celle d'un prince ne vaut pas celle d'un artiste. L'État Social

a des hasards que ne se permet pas la Nature, car il est la Nature plus la Société. La description des Espèces Sociales était donc au moins double de celle des Espèces Animales, à ne considérer que les deux sexes. Enfin, entre les animaux, il y a peu de drames, la confusion ne s'y met guère ; ils courent sus[1] les uns aux autres, voilà tout. Les hommes courent bien aussi les uns sur les autres ; mais leur plus ou moins d'intelligence rend le combat autrement compliqué. Si quelques savants n'admettent pas encore que l'Animalité se transborde dans l'Humanité par un immense courant de vie, l'épicier devient certainement pair de France, et le noble descend parfois au dernier rang social. Puis, Buffon a trouvé la vie excessivement simple chez les animaux. L'animal a peu de mobilier, il n'a ni arts ni sciences ; tandis que l'homme, par une loi qui est à rechercher, tend à représenter ses mœurs, sa pensée et sa vie dans tout ce qu'il approprie à ses besoins. Quoique Leuwenhoëk[2], Swammerdam[3], Spallanzani[4], Réaumur[5], Charles Bonnet[6], Muller[7], Haller[8] et autres patients zoographes aient démontré combien les mœurs des animaux étaient intéressantes, les habitudes de chaque animal sont, à nos yeux du moins, constamment semblables en tout temps ; tandis que les habitudes, les vêtements, les paroles, les demeures d'un prince, d'un banquier, d'un artiste, d'un bourgeois, d'un prêtre et d'un pauvre sont entièrement dissemblables et changent au gré des civilisations.

1. Quelles sont les étapes de l'argumentation dans ce passage ?

2. Sur quels points précis Balzac compare-t-il l'homme et l'animal ?

3. Confrontez la tâche de l'écrivain et celle du naturaliste selon ce texte.

---

1. *Courent sus* : s'attaquent. \ **2.** *Leuwenhoëk*, Anthony van (1632-1723) : biologiste hollandais. \ **3.** *Swammerdam*, Jan (1637-1680) : entomologiste hollandais qui a démontré que le même organisme persiste à travers ses différents états et a réfuté la thèse de la génération spontanée. \ **4.** *Spallanzani*, Lazzaro (1729-1799) : biologiste italien. \ **5.** *Réaumur*, René Antoine de (1683-1757) : physicien et naturaliste français. \ **6.** *Charles Bonnet* (1720-1793) : philosophe et naturaliste suisse. \ **7.** *Muller* (1730-1784) : naturaliste et entomologiste danois qui est considéré comme l'un des pères de la physiologie moderne. \ **8.** *Haller*, Albrecht von (1708-1777) : médecin, botaniste et écrivain suisse.

VERS L'ÉPREUVE

TEXTE 13 • Pierre Barbéris, *Balzac : une mythologie réaliste* (1971)

Larousse, coll. « Thèmes et textes ».

Le roman balzacien est le roman de la famille, de la jeunesse, de la femme, de la province et de Paris, considérés non comme lieux ou moments exceptionnels, privilégiés ou préservés, mais bien comme lieux ou moments où se saisit le processus moderne : d'une
5 part de volonté d'être et d'aptitude à être, d'autre part d'aliénation, de déracinement, de déshumanisation. Les hommes de *La Comédie humaine* sont tous « nés sans doute pour être beaux » *(La Fille aux yeux d'or)*, mais ils nous sont montrés peu à peu avilis, utilisés par le système libéral, soumis aux intérêts. Même – et
10 peut-être surtout – lorsqu'ils jouent le jeu, ils n'en sont que les illusoires vainqueurs et bénéficiaires ; ils ont écrasé, réifié la première image et le premier héros qu'ils portaient en eux-mêmes d'un monde conquérant et libre. Le roman balzacien déclasse radicalement les prétentions libérales bourgeoises à avoir définitivement
15 promu et libéré l'humanité. Au cœur même du monde nouveau, que ne menacent plus ni théologiens ni féodaux, mais que mènent les intérêts, se sont levés des monstres, caricatures du vouloir-vivre et du vouloir-être qui avaient porté et portaient encore la révolution bourgeoise. Ambition, énergie, argent, naguère vecteurs
20 humanistes universalistes, formes et moyens de la lutte contre le vieux monde, deviennent pulsions purement individualistes, sans aucun rayonnement, peut-être et immédiatement efficaces, mais en tout cas trompeuses et génératrices d'illusions perdues. Ceci, c'est la face sombre. Mais il est une face de lumière : celle de tant
25 d'ardeur, de tant de foi en la vie, qu'ignoreront les héros et les héroïnes de Flaubert. Ce n'est pas même la vaillance gentille de Gervaise chez Zola, trop aisément et trop visiblement contre-sens et gaspillage dans un univers décidément déshumanisé. Le roman balzacien est celui de toute une vie qui pourrait être et qu'on sent
30 sur le point d'être : l'amour d'Eugénie Grandet, le Cénacle de la rue des Quatre-Vents, la fraternité de Rastignac avec Michel Chrestien et Lucien de Rubempré. Il est beaucoup de laideur au monde, mais le rêve n'est pas encore massacré et, contre les bourgeois, la seule solution n'est pas encore de s'exprimer dans

l'absurde donquichottisme d'une Madame Bovary identifiée au *moi* vaincu. L'argent barre l'avenir, mais s'il est déjà tout puissant, il est encore balancé par d'autres forces dans les âmes, dans les cœurs, dans l'Histoire même, avec toutes les forces qui ne sont pas entrées en scène. Le roman balzacien est *porté*, comme toute l'histoire avant 1848. Les bourgeois même de Balzac ne sont pas encore bêtes et béats. Ils ont de l'âpreté, du génie, et Nucingen est le Napoléon de la finance, comme Malin de Gondreville est le roi de l'Aube, comme Popinot, cloueur de caisses, est le fondateur d'un empire, comme Grandet unit le vieux charme français (« Dans les gardes françaises, j'avais un bon papa ») à l'invention, à l'intelligence, au dynamisme de tout un monde libéré. Le Dambreuse de Flaubert, les bourgeois de Zola seront bien différents, sans génie, uniquement jouisseurs et possesseurs, installés, flasques – à la rigueur méchants – mais jamais plus messagers de rien.

1. Identifiez les personnages de roman cités et les romans dans lesquels ils évoluent.

2. Quelle est la supériorité des héros de Balzac sur les autres, d'après Barbéris ?

3. Dans quelle mesure le personnage de Chabert correspond-il à cette définition ?

TEXTE 14 • Pierre Barbéris, *Le Monde de Balzac* (1999)

Kimé.

On a voulu voir en Mme Bovary un moderne Don Quichotte féminin. Mais il y a déjà, bien avant Mme Bovary, du Don Quichotte chez les grands héros de *La Comédie humaine* comme il y en a chez leur créateur. Dès le premier abord, ils sont bizarres, différents. Ils se jettent sur les murs, se font mal à eux-mêmes et aux autres. Ils provoquent le scandale ou l'inquiétude. Les textes les plus beaux sont ici ceux qui marquent le mieux l'étrangeté, l'homme tombé de la lune, revenu des champs de neige, le fossile ou le fou, ceux qui nous le montrent affrontant un monde qui ricane ou qui souffre, un monde en tout cas qui rejette et ne comprend pas. Ces êtres n'ont aucun lien avec leurs semblables : ils errent, déboussolés. Leur costume, leurs manières, leurs yeux, Balzac est

VERS L'ÉPREUVE

admirable à nous en montrer l'ahurissement et l'inadaptation. Certes, ce n'est pas un monde fraternel qu'un monde où peuvent
15 se rencontrer de tels spécimens de l'humanité.

1. Relevez dans ce texte tous les détails qui s'appliquent à Chabert.

2. Quelle est la thèse principale développée dans ce passage ?

SUJETS

INVENTION ET ARGUMENTATION

Sujet 1

En vous inspirant des informations données dans le roman, racontez la rencontre, le mariage et les premières années de vie commune du couple de Chabert et la comtesse. Votre texte devra contenir au moins deux descriptions de personnages et de lieux ainsi qu'un dialogue.

Sujet 2

Le comte Ferraud apprend le retour de Chabert et cherche à convaincre sa femme de reprendre la vie commune avec lui. Imaginez le dialogue des deux époux. On attend une argumentation cohérente.

Sujet 3

En visitant l'hospice où Chabert finit ses jours, vous apprenez la vérité sur sa situation. Vous écrivez une lettre au procureur du roi pour obtenir la restitution de ses droits. Vous utiliserez tous les arguments possibles pour le convaincre et le persuader.

Sujet 4 : analyse d'image (pages 146-147)

Étudiez le tableau d'Antoine-Jean Gros en vous demandant ce qui a pu inspirer Balzac.

1. Comment le tableau est-il composé ? Détaillez le premier plan, les personnages, le paysage.

2. Étudiez la position des personnages : ceux qui sont couchés, debout, à cheval, les mouvements. Quelle dynamique est ainsi créée ?

3. Observez la figure de l'Empereur : où est-il placé ? Comment interprétez-vous cette disposition ?

4. Observez les jeux de lumière, les couleurs, l'atmosphère d'ensemble.

5. Que savez-vous de la peinture d'histoire ? Comment ce tableau se rattache-t-il à cette catégorie ?

Sujet 5 : analyse d'image (pages 148-149)

Décrivez l'affiche de l'adaptation cinématographique par Le Hénaff du roman en justifiant les partis pris de l'illustrateur.

1. Comparez la taille relative des personnages. Quel sens lui donnez-vous ?

2. Quel est le point de convergence des regards ? Qu'en déduisez-vous ?

3. Quelle impression donne le gros plan sur le visage de l'acteur Raimu interprétant Chabert ?

4. Commentez le choix des couleurs.

5. Comparez cette l'affiche avec celle du film d'Yves Angelo telle qu'elle apparaît sur la couverture du DVD. Quelles priorités sont ainsi mises en avant dans la « publicité » pour chaque film ?

COMMENTAIRES

Sujet 6

TEXTE 15 • *Le Colonel Chabert*

> L'étude [...] laissaient passer peu de jour.
>
> > PAGES 11-12, LIGNES 97-124

Après avoir répondu aux questions suivantes, vous rédigerez un commentaire de ce texte. Vous pourrez notamment vous demander quelle est la fonction de cette description dans l'économie générale du roman.

1. Quels détails révèlent l'activité professionnelle exercée en ce lieu ?

2. Par quels procédés est rendue l'impression générale de saleté et de dégradation ?

VERS L'ÉPREUVE

Napoléon Ier sur le champ de bataille d'Eylau le 9 février 1807 (1808).
Peinture d'Antoine-Jean Gros (1771-1835). Huile sur toile, 521 x 784 cm.
Musée du Louvre, Paris. ph © Daniel Arnaudet / RMN

VERS L'ÉPREUVE

Affiche du film réalisé par René Le Hénaff (1943).
ph © Production CCFC

VERS L'ÉPREUVE

Sujet 7

TEXTE 16 • *Le Colonel Chabert*

> Quelques instants après [...] en causant avec leurs amis.
>
> > PAGES 21-22, LIGNES 389-428

Après avoir répondu aux questions suivantes, vous rédigerez un commentaire de ce texte. Vous pourrez par exemple apprécier l'art du portrait, ainsi que sa dimension psychologique et symbolique.

1. Comment le portait est-il organisé ? Observez les détails choisis, les effets de lumière.

2. Quel est le type de focalisation choisi ? Qu'en déduisez-vous ?

3. Montrez que l'expression « cet effet bizarre, quoique naturel » pourrait qualifier l'ensemble du portrait.

Sujet 8

TEXTE 17 • *Le Colonel Chabert*

> « Lorsque je revins à moi [...] en contact avec la neige. »
>
> > PAGES 25-27, LIGNES 526-571

Après avoir répondu aux questions suivantes, vous rédigerez un commentaire de ce texte. Vous vous attacherez surtout à montrer l'opposition entre la volonté de livrer un récit objectif et rationnel d'un côté, et celle de créer une atmosphère fantastique de l'autre.

1. Quels détails montrent un souci de réalisme et de vraisemblance ?

2. Quels détails créent une atmosphère fantastique ? Vous analyserez notamment les notations qui relèvent du macabre ainsi que le rôle des perceptions.

Sujet 9

TEXTE 18 • *Le Colonel Chabert*

> – Quelle destinée ! s'écria Derville [...] répondit Godeschal.
>
> > PAGES 85-86, LIGNES 2361-2392

Répondez aux questions suivantes, puis rédigez un commentaire de ce texte. Vous pourrez notamment mettre en valeur la fonction d'épilogue de cet extrait.

1. Analysez le système d'énonciation : qui s'exprime ? l'auteur, le narrateur ou le personnage ? Quel est l'effet produit ?

2. Comment le cas individuel s'élargit-il à l'ensemble de *La Comédie humaine* ?

DISSERTATIONS

Sujet 10

Dans une lettre à madame Hanska, le 26 octobre 1834, Balzac définit ainsi son projet de faire un « roman total » : « Ainsi, partout, j'aurai donné la vie : du type en l'individualisant, à l'individu en le typant. J'aurai donné de la pensée au fragment ; j'aurai donné à la pensée la vie de l'individu. » Dans quelle mesure a-t-il appliqué cette théorie dans *Le Colonel Chabert* ? Vous pourrez vous appuyer aussi sur les autres romans de Balzac que vous connaissez.

Sujet 11

« Je ne crois pas une seconde que Balzac, malgré ses vantardises, ait cherché à faire concurrence à l'état-civil. Ce n'est pas là une ambition d'écrivain ; ce serait à la fois trop et trop peu. Trop, parce que chaque artiste a parfaitement conscience de la négativité creuse et essentielle de la littérature. Trop peu, parce que le romancier, par exemple, sait trop bien, pour avoir le désir de leur faire concurrence, de quelle supériorité décisive disposent ses personnages sur les citoyens de chair et d'os qui figurent dans les registres municipaux. » Que pensez-vous de cette analyse du romancier contemporain Julien Gracq (*En lisant, en écrivant*, José Corti, 1980) ? Vous appuierez votre analyse sur des exemples précis empruntés au *Colonel Chabert* et à des romans de Balzac ou d'autres romanciers que vous connaissez.

Sujet 12

Les sujets historiques semblent être une garantie de succès pour les romans, comme pour les films. En utilisant vos lectures et votre expé-

VERS L'ÉPREUVE

rience, vous vous demanderez comment s'explique l'engouement pour les romans et les films historiques et quel est leur intérêt. Vous pourrez prolonger votre réflexion en expliquant les raisons du goût que l'on peut avoir pour les témoignages du passé.

BIBLIOGRAPHIE

Ouvrages d'histoire sur la période

BERTIER DE SAUVIGNY, Guillaume de, *La Restauration*, Flammarion, coll. « Champs », 1974.

TULARD Jean, *Napoléon*, Hachette, coll. « Pluriel », 1987.

Biographies de Balzac

GENGEMBRE Gérard, *Balzac, le Napoléon des lettres*, Gallimard, coll. « Découvertes », 1992.

PIERROT Roger, *Balzac*, Fayard, 1994.

MAUROIS André, *Prométhée ou la Vie de Balzac*, Hachette, 1965.

ZWEIG Stefan, *Balzac, le Roman de sa vie*, Albin Michel, 1950.

Éditions critiques du Colonel Chabert

Le Colonel Chabert, société des textes français modernes, introduction, variantes et notes par Pierre CITRON, Librairie Marcel Didier, 1961.

La Comédie humaine, tome III, sous la direction de Pierre-Georges CASTEX, Gallimard, « Bibliothèque de la Pléiade », 1976.

Études sur Balzac et La Comédie humaine

BARBÉRIS Pierre, *Balzac : une mythologie réaliste*, Larousse, coll. « Thèmes et textes », 1971.

BARBÉRIS Pierre, *Le Monde de Balzac*, Kimé, 1999.

BARBÉRIS Pierre, *Balzac et le Mal du siècle*, Gallimard, 1970.

BARDÈCHE Maurice, *Balzac romancier*, Plon, 1940.

BECKER Colette, *Le Roman*, Bréal, coll. « Grand Amphi Littérature », 2000.

LONGAUD Félix, *Dictionnaire de Balzac*, Larousse, 1969.

MITTERAND Henri, *Le Discours du roman*, PUF, 1980 ; *Le Regard et le Signe*, PUF, 1987 ; *L'Illusion réaliste*, PUF, 1994.

PICON Gaëtan, *Balzac par lui-même*, Seuil, 1956.

RICHARD Jean-Pierre, « Corps et Décors balzaciens », in *Études sur le romantisme*, Seuil, 1970.

WURMSER André, *La Comédie inhumaine*, Gallimard, 1970.

COLLECTION CLASSIQUES & CIE

- 6 Abbé Prévost
  Manon Lescaut
- 41 Balzac
  **Le Chef-d'œuvre inconnu
  Sarrasine**
- 47 Balzac
  Le Colonel Chabert
- 11 Balzac
  **Histoire des Treize
  (Ferragus - La Duchesse de
  Langeais La Fille aux yeux d'or)**
- 3 Balzac
  La Peau de chagrin
- 34 Balzac
  Le Père Goriot
- 42 Barbey d'Aurevilly
  Les Diaboliques
- 20 Baudelaire
  Les Fleurs du mal
- 15 Beaumarchais
  Le Mariage de Figaro
- 2 Corneille
  L'Illusion comique
- 38 Diderot
  Jacques le Fataliste
- 17 Flaubert
  Madame Bovary
- 44 Flaubert
  Trois Contes
- 4 Hugo
  Le Dernier Jour d'un condamné
- 21 Hugo
  Ruy Blas
- 8 Jarry
  Ubu roi
- 36 La Bruyère
  **Les Caractères
  (De la ville - De la cour
  Des grands - Du souvenir
  ou de la république)**
- 5 Laclos
  Les Liaisons dangereuses
- 14 La Fayette (Mme de)
  La Princesse de Clèves
- 46 Marivaux
  L'Île des Esclaves
- 12 Marivaux
  Le Jeu de l'amour et du hasard
- 30 Maupassant
  Bel-Ami
- 18 Maupassant
  Nouvelles
- 27 Maupassant
  Pierre et Jean
- 40 Maupassant
  Une vie
- 1 Molière
  Dom Juan
- 19 Molière
  L'École des femmes
- 25 Molière
  Le Misanthrope
- 9 Molière
  Le Tartuffe
- 45 Montesquieu
  Lettres persanes
- 10 Musset
  Lorenzaccio
- 35 **La poésie
  française au XIXe siècle**

26 Rabelais
Pantagruel - Gargantua

31 Racine
Andromaque

22 Racine
Bérénice

23 Racine
Britannicus

7 Racine
Phèdre

37 Rostand
Cyrano de Bergerac

16 Rousseau
Les Confessions

32 Stendhal
Le Rouge et le Noir

39 Verne
Le Château des Carpathes

13 Voltaire
Candide

24 Voltaire
L'Ingénu

33 Voltaire
Zadig

29 Zola
L'Assommoir

28 Zola
Germinal

43 Zola
Thérèse Raquin

Hatier s'engage pour l'environnement en réduisant l'empreinte carbone de ses livres. Celle de cet exemplaire est de : 500 g éq. CO_2
Rendez-vous sur www.hatier-durable.fr

Achevé d'imprimer par Grafica Veneta à Trebaseleghe - Italie
Dépôt légal 93954-9/07 - Octobre 2018